Hans W. Valentin

AF285783

Blaumann

Roman

02/09

Bibliografische Information der Deutschen Nationalbibliothek
Die Deutsche Nationalbibliothek verzeichnet diese Publikation in der
Deutschen Nationalbibliografie; detaillierte bibliografische Daten sind im
Internet über http://dnb.d-nb.de abrufbar.

ISBN-13: 978-3-8370-7934-0

© 2008, Hans W. Valentin, Weilerswist

Herstellung und Verlag:

Books on Demand GmbH, Norderstedt

www.h-w-v.de

Hans W. Valentin

Blaumann

Roman

Für Christa

Prolog

Der kleine Franz Blumen geht in den städtischen Kindergarten. Kurz nach dem Krieg geht dort alles recht einfach zu. Es gibt drei Kindergärtnerinnen, die Fräuleins Gerda, Hilde und Käthe, und eine sehr überschaubare Menge an Spielzeug. Eigentlich nur ein paar gestiftete Spiele von Eltern, einen kleinen Sandkasten im Garten, ein paar Bauklötze und ein Märchenbuch. Der Höhepunkt des Monats ist die Einladung in die amerikanische Kaserne der Stadt. Dann gibt es viel Schokolade, Kakao, Coca Cola, Bananen, Orangen, Grapefruit und der absolute Höhepunkt: Popcorn. Seltsamerweise gibt es auch schwarze Männer, die die gleiche Uniform anhaben wie die anderen, die aber viel öfter und schöner lachen und dabei ihre weißen Zähne zeigen. Alle Mädchen und Knaben gehen gern in den Kindergarten und spielen den ganzen Vormittag miteinander. Wo so viele Kinder sind, bilden sich auch schon mal sogenannte Banden. Zum Beispiel kommt es zu einem Wettkampf der Kinder aus der Süd-Vorstadt mit einer anderen Gruppe, vielleicht mit denen aus der Barbarastraße. Ausgetragen wird der nicht indem sie sich alle kloppen wie die Kesselflicker, sondern sie versuchen sich nur gegenseitig im Grimassenschneiden zu übertrumpfen. Dann werden die Augen aufgerissen, die Münder breit gezogen, die Zungen bis zum Kinn oder der Nase rausgestreckt, Augen schielen nach innen und außen und das Begleitgeschrei wird ohrenbetäubend und ruft die Kindergärtnerin auf den Plan. In diesem Augenblick fällt dem kleinen Franz immer das Herz in die Hose, denn er malt sich mit Grauen aus, was passiert, wenn das eintrifft, was Fräulein Gerda ihnen in solchen Fällen oft androht. »Wenn jetzt die Uhr zwölf schlägt, bleibt euer Gesicht genau so stehen!« Alle Kinder hören sofort damit auf, Grimassen zu schneiden oder zu schielen und die Zunge schnellt wieder zurück in die Mundhöhle. Das wollen sie denn nun doch nicht. Die meisten gehen gleich wieder zur Tagesordnung über, aber Franz denkt noch lange darüber nach. Sein ganzes Leben lang wird ihn dieser Satz von Fräulein Gerda begleiten, wenn er, oder später seine Kinder, solche Grimassen schneiden und immer geht dabei sein Blick sofort auf die Suche nach einer Uhr, die schlagen könnte.

1

Ich habe ein Problem. Ein wirklich echtes Problem. Nicht eins von der Sorte: Nehme ich jetzt am Morgen Aronal oder Elmex. Nebenbei, warum haben die Zahncreme-Marketingexperten nicht Namen vergeben, die zweifelsfrei auf die Benutzung am Morgen und Abend hinweisen. Zum Beispiel: Moronal und Abemex, da hätte jeder gewusst, was Sache ist. Oder ein Problem wie das fehlende Zehncentstück für die Eintrittsgebühr zu McClean im Kölner Hauptbahnhof. Man kommt aus Frankfurt, um die Photokina zu besuchen, trinkt noch einen Kaffee und geht dann mit großen Scheinen zur Toilette und schon hat man das Problem. Wo kriegt man die 60 Cent oder 1,10 Euro her? Besonders prekär, wenn es ziemlich dringend ist. Also so ein banales Problem ist es nicht. Mein Problem ist so was von echt und es ist auch wirklich eine Herausforderung: Ich bin blau! Nicht blau im Sinne von besoffen, nein, ich bin blau und zwar von Kopf bis Fuß, überall. Kopf, Haare, Hände, außen und innen, der gesamte Körper, Füße und Zehen, Nägel und Fußsohle eingeschlossen. Überall, jede Hautfalte, jedes Härchen, einfach alles. Auch die Augen, natürlich nur die Iris, der Augapfel ist, zum Glück, noch weiß. Blau also, einem zum Glück sehr schönen Blau, das man in seinem Farbton ganz professionell genau mit RAL 5019, Capriblau bezeichnen kann.

Eigentlich haben nur die anderen das Problem. Meine Mitmenschen eben. Ich sehe mich weiterhin mit meiner von früher her gewohnten Gesichtsfarbe. Nur wenn ich eine Abbildung, ein Foto von mir betrachte, kann ich die Blaufärbung sehen. Betrachte ich mich im Spiegel, bin ich ganz normal, vielleicht ein bisschen blass, aber sonst wie immer. So, wie ich es schon seit 38 Jahren gewohnt bin. Es muss irgendetwas mit der Fähigkeit des menschlichen Gehirns zu tun haben, Objekte umzuarbeiten, wenn sie nicht in das Vorstellungsvermögen passen oder passen sollen. Denn Menschen, denen man eine Brille mit einem Prisma aufsetzt, das alle Bilder auf den Kopf stellt, sehen auch nach einer gewissen Zeit wieder alles ganz normal. Ihr Gehirn und ihre anderen Sinne wissen ja, dass nichts auf dem Kopf stehen kann und deshalb wird das von den Augen gelieferte Bild einfach korrigiert. Es kann nicht sein, was nicht sein darf. Ganz einfach!

Natürlich habe ich trotz dieser tollen Leistung meines Gehirns weiterhin ein großes Problem. Ich weiß ja, dass die anderen mich so sehen, wie ich jetzt nun einmal bin. Blau eben. Ob sich das irgendwann ändert, ob ich nach einiger Zeit wieder eine andere Farbe annehme oder zum alten Zustand zurückkehre? Ich weiß es nicht. Hier und heute muss ich damit leben. Immerhin habe ich schon fast ein Jahr Praxis mit diesem Zustand. Denn auch für mich gilt: Blau ist keine Farbe, sondern ein Zustand. Nur, dass es bei mir kein schönes Wortspiel und erst recht kein Witz ist.

Ein Witz ist es auch nicht, hier an diesem Ort zu sein. Im Augenblick ist es das Gefängnis, amtlich Justizvollzugsanstalt, in Gießen. Zwar erst einmal in Untersuchungshaft, aber das reicht ja auch schon. Ich weiß ja, was man mir vorwirft. Und wenn man mich wirklich deshalb verurteilt, kann ich auch absehen, dass es für längere Zeit mein Aufenthaltsort sein wird. Es sei denn, ein Wunder geschieht. Obwohl ich natürlich unschuldig bin, sprechen alle bisher bekannten Fakten gegen mich.

Vielleicht sollte ich einmal alles der Reihe nach erzählen. Genügend Gelegenheit es ausführlich zu tun, habe ich ja und ehrlich werde ich auch sein, denn genug Zeit ist vorhanden, um Streichen, die mir mein Hirn oder das Unbewusste spielt, auf den Grund zu gehen und sie, so gut es unter diesen Umständen eben geht, auszumerzen. Aus Erfahrung weiß ich jetzt, dass mein Hirn mir Dinge vorspiegelt, die ich für wahr halten soll und es auch tue, die es aber, objektiv betrachtet, überhaupt nicht sind. Hoffentlich erkenne ich das auch immer. Ein großartiger Schriftsteller bin ich jedenfalls nicht, da bin ich mir sicher. Es sollen aber auch nicht "Die Ansichten eines Clowns" werden.

Ich heiße Frank Blumen und wohne in Rosbach vor der Höhe. Die besagte Höhe ist der Taunus. Trotz meiner 38 Jahre bin ich immer noch unverheiratet. Auf diesbezügliche Fragen sage ich immer, es hat sich noch nicht die Richtige gefunden. Das stimmt auch. Irgendwie hat es noch bei keiner Frau gefunkt, keine Schmetterlinge im Bauch und es waren auch nie sonstige untrügliche Zeichen festzustellen, wie sie in der einschlägigen Literatur gern beschrieben werden. Die Hoffnung gebe ich zwar noch nicht auf, habe aber die aktive Suchphase mehr oder weniger beendet und will mich nur noch überraschen lassen. Wenn man krampfhaft einen Namen sucht, der einem auf der Zunge liegt und man kommt einfach nicht drauf, soll man ja auch an etwas anderes denken und schon würde einem nach kurzer Zeit der gesuchte Name regelrecht zufliegen. So ähnlich stelle ich mir auch die Sache mit der Richtigen vor.

Geboren wurde ich am 14. Juli 1970 in Gießen. Mein Vater, Franz Blumen, war damals bei der Post, dem Teil, der zur heutigen Telekom wurde. Meine Mutter, Renate Blumen, war eine dieser Nur-Hausfrauen, die heute schief angesehen werden bzw. neuerdings wieder im Vormarsch sind. Sie hatte reichlich mit dem Haushalt und der Erziehung von meinem drei Jahre älteren Bruder und mir zu tun. Während mein Bruder nach der Schule Bankkaufmann wurde, lernte ich in Frankfurt bei einer bekannten Firma Mess- und Regelmechaniker. Heute gibt es weder diesen Beruf, noch die Firma. Sie wurde mehrmals verkauft und dann von einem größeren Unternehmen geschluckt. Mein Vater hätte es ja lieber gesehen, dass wenigstens ich Abitur mache und dann Lehrer werde, nachdem mein Bruder es schon nicht geworden war. Aus irgendeinem Grund konnte unser Vater diesen Wunsch nicht für sich umsetzen, deshalb hatte er sich das für uns so vorgestellt. Schon während der Ausbildung zog ich nach Frankfurt und blieb dann auch später dort in der Gegend hängen. Nachdem ich die Lehre beendet hatte, ging ich zu einem Chemieunternehmen in der Nähe von Frankfurt, machte die Meisterprüfung und hatte dann eine kleine Montagetruppe für Elektro-, Mess- und Regelungstechnik zu führen. Vor ein paar Jahren wurde dieses Traditionsunternehmen quasi von heute auf morgen zerlegt, zerschlagen, verkauft und teilweise dichtgemacht. Nicht von irgendeinem Heuschreckeninvestor, sondern von der eigenen Führung! Der Teil der Firma, zu dem ich gehörte, überlebte unter neuem Namen als Dienstleister für die vielen an ihrem ehemaligen Standort verbliebenen Produktionsstätten der neu gebildeten Chemieunternehmen. Alles wurde anders. Jetzt mussten wir dem Wettbewerb direkt ins Auge sehen und uns so gut wie möglich verkaufen. Anfangs hatten wir noch den Vorteil, eine sehr viel bessere Ortskenntnis als unsere vielen Konkurrenten zu haben. Bald schrumpfte dieser Pluspunkt und die alten Netzwerke mit den ehemaligen Kollegen auf der Gegenseite wurden auch immer löcheriger. Kurz: der Wind blies uns kräftig ins Gesicht. Das hatte zur Folge, dass einige Abteilungen geschlossen, nicht marktfähige Dienstleistungen abgebaut und Leute hin- und hergeschoben wurden. Zu denen gehörte auch ich. Nach einiger Zeit fand ich mich deshalb im Vertrieb wieder. Allerdings nannte ich mich seit diesem Augenblick ganz im Zeitgeist: Salesmanager. Zwar in meiner gelernten Sparte, aber mit Schlips und Kragen am Schreibtisch und PC. Alles war im Umbruch, vieles neu und das meiste ungewohnt. Im Privatbereich blieb ich bei Vertrieb, der Salesmanager stand hauptsächlich auf meiner Business Card, früher Visitenkarte. Jetzt ging es darum das Order Center mit Aufträgen zu füttern, mit neuen und alten Kunden zu schachern, kurz: uns auf einem hart umkämpften Markt zu behaupten, wobei die alten Kunden den größten Aufwand verlangten. Für unsere ehemaligen Kollegen waren wir quasi transparent. Sie kannten selbst unsere kleinsten Schwächen aus langer Erfahrung und nutzten das auch gnadenlos aus.

Eigentlich kam ich ganz gut mit dieser Situation zurecht. Bis zu dem bewussten Einschnitt in mein Leben, von dem ich hier berichten werde, gab es eigentlich nichts, was mich stresste. Bei meinen Kunden hatte ich, glaube ich wenigstens, einen guten Ruf, weil wir als Techniker auf beiden Seiten doch meist sozusagen den gleichen Stallgeruch hatten und uns auf gleicher Augenhöhe begegnen konnten.

Als wir uns auf unserem Standort nach einigen Jahren gefestigt hatten und alles auf der neuen Basis ganz ordentlich lief, dachte man an Expansion und versuchte sich erst in der Region und dann sogar deutschlandweit auszudehnen. Jetzt kam man auf die Idee, große Messen als ideale Plattform zum Angebot unserer Dienstleistungen zu nutzen. Das war die Domäne der neu geschaffenen Marketing-Abteilung. Wir, der Vertrieb, waren natürlich auch dabei mit von der Partie. Während man sich im Headquarter noch mit Corporate Identity, dem Entwurf von neuen Logos und dem Schalten von kreativen Anzeigen in einschlägigen Fachzeitschriften beschäftigte, hatte ein engagierter Ingenieur, der Leiter des Service Centers Kommunikationstechnik, das Erstauftritts-Sonderangebot eines Messeveranstalters angenommen. Er wollte auf dieser weltweit größten Industriemesse seine speziellen Dienstleistungen präsentieren. Seine Vorgesetzten unterstützten das Vorhaben generell, weil es in die allgemein ausgebrochene Euphorie passte, adoptierten es dann aber kurzerhand für alle Dienstleistungen unserer Firma und wir vom Vertrieb hatten den Salat und mussten die Suppe, die er uns eingebrockt hatte, auslöffeln.

Jetzt waren wir gezwungen, die Messe auch zu beschicken. Mehr oder weniger aus dem Stand heraus wurden Prospekte gedruckt, werbewirksame Poster entworfen, eine kompetente Standbesatzung rekrutiert und, ganz wichtig, ein Messestand überhaupt erst einmal kreiert. Alles zusammen würde uns dann die Kunden in Scharen zutreiben. So weit die optimistischen Vorstellungen unserer Chefs.

Es begann ein hektischer Wettlauf mit der Zeit, um alles zu organisieren. Standbeschaffung, die Möblierung, benötigte Anschlüsse für Energie und Daten anzugeben, ging ja noch relativ einfach. Dafür gab es Checklisten vom Veranstalter. Die personelle Standbesetzung festzulegen war schon schwieriger. Niemand wollte sieben Tage am Messestandort Hannover zubringen, besonders, wenn man bedenkt, dass unsere Ressourcen, wie es heute so schön heißt, nicht gerade üppig waren, weder an Personal, noch an Geld. Auch das war noch vergleichsweise einfach zu lösen. Die Unterstützung durch das Marketing war der eigentliche Stressfaktor. Man glaubt ja gar nicht, wie viele Leute an der Gestaltung der Broschüren mitwirken wollen. Wenn es wenigstens echte Fachleute wären, aber auf diesem Gebiet ist jeder Experte, hauptsächlich ein nur so genannter. Jeder hat doch schon einmal auf dem PC eine Einladung zum Jubiläum gestrickt oder eine umwerfende Menükarte für die Abiturfeier für die Tochter oder den Sohn gestaltet.

Diese fundierten Kenntnisse wurden nun endlich einmal auch im Beruf für einen echten Messeeinsatz gefordert. Zu den abenteuerlichen grafischen Purzelbäumen kamen noch die hemmungslose Auswahl von Zeichensätzen und, noch nervender, der Streit über die Größe der Buchstaben für den Namen der eigenen Abteilung und deren Dienstleistungsangebote auf den verschiedenen Postern. Da es noch keine erfahrene Messemannschaft und keine etablierte Marketingstrategie für solche Events gab, wollte jeder der Federführende sein. Allerdings, sich zu weit aus dem Fenster zu lehnen, war auch keiner bereit, denn im Fall eines riesigen Flops, hatte jeder Angst um seinen Kopf. Die Suche nach dem vermeintlich Schuldigen an einem Desaster und dann die Steinigung der gänzlich Unbeteiligten war immer noch ziemlich verbreitet. So weit hatte sich die neue Unternehmenskultur noch nicht gewandelt.

So sah es also zu der Zeit des einschneidenden Ereignisses für mich aus.

An diesem Morgen, zehn Tage vor Beginn der Messe, fand beim Marketing-Leiter Ralf Müller-Bessenich die erste Besprechung des Tages zur Messe statt. Die Anzahl der Besprechungen war, je näher der Termin kam, rasant gestiegen. Mittlerweile waren wir bei drei Terminen pro Tag angekommen. Die letzte fing meistens eine Viertelstunde vor Dienstschluss an. Seltsamerweise hatten die jeweiligen Leiter der involvierten Service Center erst dann Zeit. Dummerweise mussten sie dann aber immer auch erst mühsam auf den Stand der Dinge gebracht werden und schnell war eine Stunde vergangen, in der wieder einige ganz wichtige Änderungen eingearbeitet wurden, die dann nach Ende des Treffens noch schnell an die beteiligten externen Agenturen, Druckereien und Zulieferer gefaxt, gemailt oder durchtelefoniert wurden. Mit dem Erfolg, dass die Schnellschüsse einige neue Fehler erzeugten und am nächsten Tag wieder zu hektischem Betrieb bei der Berichtigung führten.

Ralf Müller-Bessenich war früher in der gleichen Abteilung wie ich. Er war damals Meister in einer Montage-Werkstatt. Im Laufe der Zeit wanderte er über verschiedene Stationen in die Verwaltung. Als unsere Firma in der jetzigen Form entstand, war Marketing für uns Neuland. Früher übernahm das eine zentrale Abteilung. Müller-Bessenich wurde deshalb zum Marketing-Leiter gemacht und eine externe Mitarbeiterin vom Fach zu seiner Unterstützung angeworben. Damit war das Dream-Team aufgestellt und es ging los.

Die erste gemeinsame Aktion war die Namensfindung unseres Unternehmens. Unter Einbeziehung aller Geschäftsführer und einer schon früher outgesourcten Werbeagentur kam man auf die tolle, ganz nahe liegende und überaus innovative Idee, die Firma "Service 2000 •" zu nennen. Entscheidend war der Punkt hinter 2000. Der durfte nie fehlen und war Quelle von unzähligen Änderungen bei allen Druckwerken, die unseren Namen enthielten. Der Punkt musste etwas größer dargestellt werden als ein normaler Punkt am Satzende. Außerdem war zwingend festgelegt, dass zwischen 2000 und dem Punkt ein Abstand sein musste. Es wurden sogar etliche Schulungen durchgeführt, in denen das korrekte Melden am Telefon geübt wurde. Am Telefon meldete sich der ordentlich geschulte Mitarbeiter mit:

»Hier ist die Service zweitausend – Punkt, mein Name ist XY. Was kann ich für Sie tun?«

Das wichtigste Element dieser Ansage war die kleine Pause hinter 2000 und vor Punkt. Das sollte sozusagen das Alleinstellungsmerkmal verbalisieren. So wurde es jedenfalls von den Experten und Marketing-Profis dargestellt.

Ich konnte mich an diese Regelung nur sehr schwer gewöhnen und zum Glück gibt es ja das Nummerndisplay am Telefon. Bei bekannten Anrufern schlabberte ich die ungeliebte Ansage einfach.

Das Dream-Team Ralf Müller-Bessenich und Yvonne Teufl war sich nicht besonders grün. Die Spannungen konnte man fast knistern hören und die meterdicken Mauern, die um sie emporwuchsen, sobald sie sich näher kamen, konnte man förmlich greifen.

Das neu entstandene Logo unserer Firma war Grün und Blau. Der erste Teil, das Wort Service, grün und die 2000 mit Punkt in der Zeile unter Service angeordnet, blau. Während Müller-Bessenich es mit der farblichen Gestaltung und dem richtigen Farbton nicht so genau nahm, konnte Frau Teufl, nomen est omen, richtig teuflisch ausflippen, wenn ein Druckwerk mit der falschen Farbe abgeliefert wurde. Ihr Toben war kaum zu bremsen und sie fragte sich und alle anderen anwesenden Zuhörer, für was es denn die im CD festgelegten Farbtöne gäbe, wenn sich keiner dran hielte. Mittlerweile war es schon soweit, dass es bei einer Diskussion um die richtige Farbdarstellung in einer Broschüre, für was auch immer, hieß: Das entscheidet Herr Müller besser nich!

An diesem Morgen also war ich ziemlich kaputt. Am Abend zuvor hatte mir Susanne, meine damalige Lebensabschnittsflamme, den Laufpass gegeben. Wegen der Vorbereitung auf die Messe und den vielen Besprechungen über die normale Dienstzeit hinaus wurden von mir einige Verabredungen zum Essen, Theater und ins Kino ziemlich kurzfristig abgesagt, teilweise musste sie warten und dann alleine gehen oder zu Hause bleiben, weil ich vergessen hatte sie anzurufen. Das Fass zum Überlaufen brachte aber ein Strafzettel. Ich hatte total verschwitzt ihr Auto bei uns in der Firma, im Service Center Autowerkstatt, zum TÜV zu fahren und ihr das dann auch zu sagen. Nichts von diesem Versäumnis ahnend, wurde sie in Bad Vilbel beim Überschreiten der Parkzeit erwischt, aber auch wegen Überschreitung des TÜV-Termins. Das war's dann. Sie teilte es mir auch sofort und unmissverständlich mit, ganz modern per SMS. So viel Verständnis für mich hätte ich aber von ihr erwartet, wo wir doch auch in der gleichen Firma arbeiteten und sie von dem enormen Druck wusste, unter dem ich im Moment stand. Vielleicht ist es ja doch besser, keine intimen Beziehungen mit Kolleginnen in der Firma anzufangen. Aber dort kann man nun einmal schnell und leicht Anschluss finden.

Meine Stimmung war im Keller und ich saß alleine im Besprechungszimmer vom Marketing. Wenigstens stand die Kaffeekanne schon auf dem Tisch und ich konnte mir gleich eine Tasse eingießen. Schon ging die Tür auf und der Ingenieur vom Service Center EMSR[1] stürzte herein. Er murmelte in seinen nicht vorhandenen Bart:

»Guten Morgen, Herr Blumen!« und blickte gehetzt auf seine Armbanduhr und dann zur Uhr über der Tür.

»Haben die hier die Uhren manipuliert, oder was? Sonst komme ich doch immer zu spät.«

»Hallo, Herr Stand. Nee, ich bin auch zu früh.« Ich fügte hinzu:

»Trinken Sie doch erst mal einen Kaffee. Ein paar ruhige Minuten zu haben ist ja auch nicht schlecht.«

»Mein IT-Kollege würde jetzt fragen, ob wir nichts zu tun hätten, weil wir so pünktlich bzw. zu früh sind.«

»Der kommt heute nicht. Er hat externe Kunden. Das ist im Moment die beste Ausrede. Zieht immer.«

»Ich muss Sie mal was fragen, Herr Blumen, das hört aber der Müller besser nich. Was mach' ich? Mein Meister will nicht mit zur Messe.«

»Und warum?«

»Der Müller-Bessenich hat ihn gefragt, ob er Verwandte in Hannover hätte. Als er verneinte, hat er ihn doch tatsächlich gefragt, ob vielleicht andere Mitarbeiter welche hätten. Die könnten doch dort übernachten und die Messekosten würden geringer ausfallen.«

»Das glaub' ich jetzt nicht!«

»Doch! Und deshalb weigert er sich. Wenn es nur darum geht, billiges Personal mit Familienanschluss auf dem Stand zu ha-

---

[1] EMR = Elektro-, Mess-, Steuerungs- und Regelungstechnik

ben und keine Leute, die was von der Sache verstehen, könnte er ja gleich zu Hause bleiben.«

»Da hat er irgendwie Recht. Und jetzt?«

»Muss ich mir einen anderen Freiwilligen suchen.«

Die Tür ging auf und Müller-Bessenich stürzte fast, wie immer mit rotem Gesicht und genervtem Lächeln, in den Raum.

»Sorry, ich bin zu spät. Guten Morgen, zusammen.«

Er stammte aus dem Rheinland, aus der Eifel, glaube ich, und die sollen dort ja ziemlich stur sein. Insofern schien er ein typischer Vertreter dieser Gegend zu sein.

Er fing ohne lange Vorrede an den Messeauftritt, wie ihn die Geschäftsleitung angeblich wünschte, zu erläutern. Es sollten also nur die technischen Dienstleistungen vertreten sein. Also die fünf Service Center, die sich mit EMR, Mechanik, Anlagenplanung, IT und Prozess-Automatisierung befassten. Ich, als der für den Vertrieb der technischen Dienstleistungen Verantwortliche, hatte während der gesamten Dauer der Messe dort zu sein. Die anderen sollten jeweils einen Mitarbeiter als Vertreter ihres Gewerkes zum Standdienst abstellen.

Zum Schluss seiner Ausführungen fragte er mich doch tatsächlich:

»Sag mal, Frank, hast du Verwandtschaft in Hannover oder in der Nähe?«

»Ralf, was soll denn das jetzt? Du machst doch schon die ganze Mannschaft verrückt. Sind wir etwa pleite, weil du kein Hotel bezahlen willst, oder hast du vergessen ein paar Zimmer zu buchen?«

»Die Messe war nicht in unserem Plan und deshalb wird es eng bei den Kosten. Wenn wir die Messe so ausrichten, wie es notwendig ist, kann ich für den Rest des Jahres keine einzige Broschüre mehr drucken lassen. So sieht es aus!«

Dabei lief er noch ein bisschen röter an, als er so schon war. Ob das jetzt Ärger war oder ob er gelogen hatte, war nicht zu erkennen. Ich glaube, er stand in Wirklichkeit nicht voll hinter der Messe und musste wohl oder übel mitmachen, weil es von oben so gewollt war.

Die Tür ging auf und Frau Teufl eilte schnell zu dem freien Platz neben Müller-Bessenich.

»Tut mir leid, aber ich hatte ein längeres Gespräch mit der Druckerei. Die hatten in allen Prospekten "Service" mit einem kleinen "s" geschrieben. Und der Punkt war auch nicht groß genug.«

»Toll! Klappt es denn noch mit der Fertigstellung?« fragte Müller-Bessenich mit leicht ironischem Tonfall.

»Es wird knapp.«

»Am Besten geben sie einen Teil der Broschüren an Zimmermann, damit haben wir dann etwas Luft. – Okay?«

»Das können sie machen, Herr Müller-Bessenich. Ich nicht.«

Frau Teufl machte einen renitenten Eindruck und das war auch kein Wunder. Zimmermann war ein ehemaliger Mitarbeiter, den man im Bereich Marketing vor einiger Zeit abgebaut hatte. Er hatte dann eine eigene Werbeagentur aufgemacht. Als dann das verwaiste Marketing mit Müller-Bessenich wieder neu aufgebaut wurde, kam die angepeilte gute Zusammenarbeit nicht zustande, weil beide sich aus früherer Zeit nicht leiden konnten. Bei Ausschreibungen verlor Zimmermann regelmäßig. Aber wenn es eng wurde, musste er als Rettungsanker herhalten. Frau Teufl hatte ein anderes Verständnis von gutem Auftraggeber-Lieferantenverhältnis und wollte da nicht mitmachen. Müller-Bessenich hatte keine Skrupel und Zimmermann versuchte es auch immer wieder, weil er immer noch hoffte, dass sich Müller-Bessenich nicht sehr lange auf seiner Stelle halten würde.

»Ja, ich rufe ihn nachher an.«

»Jetzt müssen wir aber ein zugkräftiges Motto haben. Gibt es Vorschläge?«

»Wer ist denn hier das Marketing? Wir sind Techniker und keine Marktschreier.« So oder so ähnlich wurde von allen Anwesenden argumentiert. Mittlerweile waren alle Vertreter der ausstellenden Service Center erschienen, außer dem der IT. Müller-Bessenich hatte wieder den Schwarzen Peter, konnte aber selbst ein paar Vorschläge machen.

"Service hat einen Namen" - "Sie denken, wir machen." - "Wissen, wo es lang geht." - "Technische Dienstleistungen aus einer Hand" - "Ihr zuverlässiger Partner" Das waren die Ergebnisse des überaus kreativen Marketing-Leiters.

»Besser nich!«, war noch der harmloseste Kommentar. Letztlich wurde die Sitzung auf den Nachmittag vertagt. Um vier Uhr sollte es noch einmal versucht werden. Der allerletzte Termin für die halbwegs vernünftige Umsetzung eines Mottos war laut

Frau Teufl aber acht Tage vor Messebeginn. Später konnte auch Zimmermann nicht mehr helfen.

Wir gingen nach einer Stunde nutzlosen Blablas wieder an unsere Arbeitsplätze. Ich zerbrach mir den Kopf, sprach immer neue Slogans vor mich hin, aber mir fiel einfach nichts ein, was irgendwie zu einer internationalen Spitzenmesse gepasst hätte.

Kurz vor zwölf Uhr kam Müller-Bessenich zusammen mit Kienzle, dem Geschäftsführer Technik, zu mir ins Büro. Wir waren, mit mir, zu dritt in unserem Raum, mein Mitarbeiter Björn Nebel und Frau Antje Gäst, unsere Bürofachfrau. Nachdem jeder einen Händedruck von Kienzle empfangen hatte, fiel Müller-Bessenich gleich mit der Tür ins Haus:

»Ich habe den ultimativen Spruch für die Messe. Herr Kienzle findet ihn auch gut.«

»Und wie heißt er, der tolle Spruch, der uns die Kunden ins Haus treibt?«

Mittlerweile war es eine Minute vor zwölf.

»Mit uns im grünen Bereich und Sie machen Blau! Da können wir auch unsere Unternehmensfarben gut ins Spiel bringen.«

Nach einer kurzen Pause, in der ich mich von dem ersten Schreck über diesen schwachsinnigen Spruch erholt hatte, rief ich, und es war mir in diesem Augenblick bitterernst:

»Wenn das euer letztes Wort ist, will ich auf der Stelle blau sein!«

Mir wurde sofort ziemlich heiß im Gesicht, weil ich mich in diesem Moment daran erinnerte, nie Grimassen oder sonstige Faxen zu machen, weil man für immer so bliebe, wenn die Uhr in diesem Moment zwölf schlägt. Diese Horrorgeschichte hat mir mein Vater immer erzählt, als ich klein war. Kaum etwas war mir damals so nahe gegangen wie die Vorstellung, für alle Ewigkeit so hässlich zu bleiben. Jedes Mal, wenn ich Grimassen, merkwürdige Körperverrenkungen oder sonst etwas machte, was unter diesen Fluch fallen könnte, habe ich mich daran erinnert und panisch zur Uhr geschaut.

Heute war es soweit. Der Bildschirmschoner von Kollege Nebel meldete sich pünktlich um zwölf Uhr und die Schläge von Big Ben dröhnten durch den Raum.

Es war passiert! Ich würde tatsächlich blau werden!

Erst dachte ich bei mir, du hast doch einen Schuss. Das gibt es doch gar nicht. Aber ich merkte auch, wie ich blass wurde und ich sah an den schreckgeweiteten Augen der anderen, dass irgendetwas mit mir im Gange war. Sie sprangen auf mich zu und Kienzle fasste mich am Jackett, dirigierte mich zum Stuhl und setzte mich dort langsam ab.

»Was ist denn mit Ihnen los? Sie sind ja totenblass. Ist Ihnen nicht gut? Können wir etwas tun? Brauchen Sie ein Medikament?«

Antje hatte schon das Telefon in der Hand, um den Werksarzt anzurufen. Ich winkte ab und sagte nur noch:

»Nein, es ist nichts. Das geht vorüber. So was hatte ich noch nie, aber ich habe es ja auch immer verhindert und aufgepasst. Heute hat es nicht geklappt.«

Die anderen sahen mich merkwürdig an und verzogen sich dann aus dem Raum. Wenigstens Müller-Bessenich und Kienzle. Außer dem Standardspruch für solche Fälle: »Bis später. Erholen Sie sich erst mal.« von Kienzle gab es keine hilfreichen Reaktionen. Müller-Bessenich wurde rot, wie immer, und sie verschwanden auf dem Gang Richtung Kantine.

Antje hatte das Telefon wieder hingelegt, dafür aber schnell ein Glas Wasser beschafft und mir in die Hand gedrückt.

»Du hast uns aber einen Riesenschrecken eingejagt! Was meinst du mit: Ich habe es immer verhindert? - Aber erhol Dich erst einmal. Wir können ja nachher in aller Ruhe darüber reden. Okay?«

»Ja. Könnt ihr mich bitte mal allein lassen. Ich brauch' das jetzt!«

Mir war wirklich ziemlich schwummerig zumute. Ich hatte das dumpfe Gefühl, es könnte wirklich etwas dran sein an den Horrorgeschichten, die mir mein Vater erzählt hatte. Im Kindergarten hätte man ihnen damit auch schon auszutreiben versucht in ein wildes kollektives Grimassieren, Fratzenschneiden und ausuferndes Faxenmachen zu verfallen. Mich hatte jedes Mal ein kalter Schauer überlaufen und die Haare hatten sich buchstäblich zu Berge gestellt, wenn er davon sprach. Ich konnte auch in diesem Augenblick die Gänsehaut sofort fühlen. Tatsächlich vermied ich es Grimassen allzu lange aufrechtzuerhalten und der sofortige, gehetzte Blick zur irgendeiner Uhr in der Nähe war in mir dauerhaft verdrahtet. Auf jeden Fall war ich fest davon überzeugt und ganz sicher, dass ich in absehbarer Zeit blau werden würde. Wie das genau vor sich gehen sollte, war mir zwar noch unklar und ob es total sein würde oder nur partiell, wusste ich natürlich auch nicht. Vielleicht bildete man sich das Ganze in einem solchen Fall auch nur ein und verhält sich lediglich so, als wäre es passiert. Letztlich landete man damit sicher und unweigerlich in der Psychiatrie. Wenn es mit mir soweit kommen sollte, na, dann gute Nacht.

Im Spiegel konnte ich noch nichts erkennen. Ein unnatürlich blasser Frank Blumen guckte mich jedoch sehr ernst an und der kalte Schweiß war auch deutlich zu erkennen. Meine normalen körperlichen Regungen gewannen langsam wieder die Oberhand. Ich verspürte Hunger und ging zur Kantine. Ein leichtes Unbehagen im Untergrund blieb aber.

Es war noch etwas früh, denn meine normalen "Mitesser" saßen noch nicht an unserem Stammplatz am Fenster. So konnte ich ohne lästige Fragen meine Mahlzeit hinter mich bringen und wieder zurück an meinen Platz gehen. Mittlerweile waren die anderen in der Mittagspause und ich hatte Zeit mich ungestört im Internet umzusehen, ob es in dieser Sache Einträge und Informationen gibt.

Tatsächlich hatten viele schon davon gehört. Es war mittlerweile schon zu so einer Art urbaner Legende geworden. In einem einschlägigen Forum über das Thema "Sprüche von Oma" fand ich den Eintrag eines Forumsteilnehmers:

Ach ja, da war noch Omma: zieh keine Grimasse. Wenn die Uhr gleichzeitig schlägt, bleibt dein Gesicht so stehen.

Da war's, nur dass es bei mir mein Vater war. Leider konnte ich ihn nicht mehr dazu befragen oder ihm Vorwürfe machen, mich leichtsinnig unterschwellig in solche Angst und Schrecken versetzt zu haben, die mutmaßlich gerade dabei waren sich zu manifestieren. Er war vor drei Jahren zusammen mit meiner Mutter unter dubiosen Umständen auf einer längeren Kreuzfahrt ums Leben gekommen. Die genauen Todesumstände wurden nie geklärt, da sie sich auf dem Schiff vor der südamerikanischen Küste ereigneten. Wir, mein Bruder und ich, bekamen nur eine Urne zugeschickt. Zum Glück hatten sie uns kurz vorher noch je eine Eigentumswohnung verschafft. Mehr vererben konnten sie uns nämlich nicht mehr, da ihre Konten leer waren. Alles sehr mysteriös und undurchsichtig.

Sollte dieser sagenhafte Zauber auch auf solche lockeren Sprüche wirken? Ich wusste es damals nicht. Ich konnte nur abwarten. Das tat ich auch, meldete mich im Personalbüro krank und fuhr nach Hause. Während der Fahrt nach Hause spürte ich abwechselnd kalte Schauer und Hitzewellen. Ich war wirklich froh, als ich meine Tür aufschloss und mich mehr oder weniger direkt ins Bett legen konnte.

Ich schlief besser, als es zu erwarten war. Morgens brauche ich immer lang, bis ich klar sehe. Duschen, Zähneputzen und die Kaffeemaschine in Gang setzen wird fast mit geschlossenen Augen durchgezogen. Erst beim Anziehen und dann bei der Rasur bin ich halbwegs wach. Im Spiegel sah ich eigentlich genau so aus wie immer, es sei denn, den leicht bläulichen Schimmer der Gesichtshaut würde man als Änderung definieren. Eigentlich fühlte ich mich wieder pudelwohl. Während des Frühstücks dachte ich noch einmal über die seltsame Begebenheit am Vortag nach. Es gab doch überhaupt keinen Grund so auszuflippen. Irgendwie hatte mir da mein Unterbewusstsein einen gewaltigen Streich gespielt. Die uralte Kindergartengeschichte musste durch den Big-Ben-Schlag ausgelöst worden sein und danach hatte mein Körper verrückt gespielt und alle Regelkreise sind übergeschwungen. Nur so war das alles zu erklären. Wenn man nicht an übersinnliche Dinge glaubt und eher in der Welt der Technik zu Hause ist, kann es auch gar nicht anders sein. Es kann nicht sein, was nicht sein darf. So etwas kommt, ganz nüchtern betrachtet, in der realen Welt einfach nicht vor.

Kindergartenhorror und die fragwürdigen Erziehungstaktiken meines Vaters, die sicher auch bei der Supernanny nicht gut ankommen würden, können doch keinen Menschen blau fär- ben. Das gibt es doch nicht. Meine Gedanken drehten sich im Kreis und ich kam dann letztlich zu dem Schluss, das Ganze war ein Albtraum, der mich aber nicht wirklich aus dem Gleis bringen konnte. Basta.

Ich hatte durch die Denkerei ganz die Zeit vergessen und musste mich deshalb beeilen, um noch auf die Autobahn zu kommen, bevor wieder alles vor Frankfurt stand. Ich glaube, das Teilstück der A5 von Frankfurt bis Friedberg ist das meist- genannte Staugebiet in Deutschland. Der "Grünling" aus dem Haus gegenüber fragte nebenbei, bevor er seine Autotür zu- schlug und losfuhr, ob es denn ein langer Abend war, gestern Abend. Da er anscheinend keine Antwort erwartete, gab ich auch keine. Der "Grünling" hieß bei mir intern so, weil er immer hauptsächlich grün gekleidet war. Immer, Sommer wie Winter.

Er hieß Baumann und war Vertreter für eine Firma im Rheinland. Vielleicht Grünenthal, das würde sein grünes Outfit erklären. Keine Ahnung, aber so weit würde ich ja nicht gehen, mich für meine Firma farblich auf sie einzustimmen. Wahrscheinlich ist das alles ja auch Quatsch und er mag halt grün, weil es so gut zu seinem Teint passt oder zu seiner Frau.

2

Der Pförtner grüßte mich mit dem internationalen Werkstoreinfahrtsgruß, der leicht erhobenen rechten Hand, schaute mir aber ziemlich lange nach. Im Rückspiegel konnte ich ihn noch eine ganze Zeitlang beobachten, denn auf dem gesamten Werksgelände waren nur 20 km/h erlaubt.

Vor unserem Gebäude war wieder kein Parkplatz frei. Obwohl wir jetzt ja Dienstleister mit Kundenverkehr waren, stellten immer noch die Mitarbeiter alle verfügbaren Stellplätze voll und die Kunden konnten sehen, wo sie blieben. Die zu spät kommenden Mitarbeiter natürlich auch. Kaum hatte ich die Bürotür hinter mir geschlossen und »Guten Morgen!« gesagt, merkte ich, dass etwas Seltsames geschehen war, was, wusste ich nicht. Alle blickten mich starr an. Eigentlich war es mehr ein Stieren. Antje, wie immer etwas vorlaut, fasste sich zuerst und fragte:

»Sag mal, hast du noch alle?«

»Wieso? Was soll denn sein? Komme ich etwa vom Mars? So guckt ihr mich jedenfalls an.«

Jetzt war auch Björn Nebel wieder aus seiner Starre erwacht und platzte heraus.

»Das kann ich jetzt nicht glauben! Du hast Dich tatsächlich blau gefärbt! Woher weißt du überhaupt von dem Beschluss der hohen Führung diesen blöden Spruch tatsächlich auch zu nehmen. Du warst doch gestern so früh weg?«

»Also erst mal mit der Ruhe. Von was redet ihr denn?«

Antje kam zu mir und zog mich zu dem Spiegel in unserer sogenannten Nassecke neben der Tür. Sie stellte mich vor den
Spiegel, nahm meinen Kopf und drehte ihn so ins Licht und vor
den Spiegel, dass ich gezwungen war, mir mein Gesicht ganz
genau zu betrachten. Mir fiel, außer einer leichten Blässe,
nichts Bemerkenswertes auf. Antje, deren Kopf ich ebenfalls im
Spiegel sah, kam mir plötzlich vor wie Katrin Bauerfeind von
www.ehrensenf.de. Das war mir bisher gar nicht aufgefallen.
Sogar ein Leberfleck war da, wenn auch auf der anderen Seite,
nämlich über dem linken Mundwinkel. Kürzlich hatte ich erst
einen Roman über Katrins angebliche Entführung gelesen.
"Vergiss Fernsehen" hieß er.

Antje strich mir dann ganz zart über die Wangen, als ob sie sich
nicht so recht traute oder mir nicht weh tun wollte.

»Wie hast du das hingekriegt, dein Gesicht so blau anzumalen,
ohne das man was von der Farbe merkt?«

»Was soll das? Wollt ihr mich veräppeln? Wenn sich das alles
auf meinen Spruch von gestern bezieht, ist euch das gelungen.
Ich habe fast selbst daran geglaubt, dass ich eine blaue Haut
habe.«

»Das ist kein Scherz. Du bist tatsächlich blau. Blauer geht es
gar nicht, es sei denn, du trinkst noch ein Bier dazu.«

Ich befreite mich aus dem Klammergriff von Antje und setzte
mich an meinen Schreibtisch.

»Also, jetzt mal ohne Scherz! Ihr seht tatsächlich meine angebliche blaue Gesichtshaut?«

»Klar, das versuchen wir dir doch dauernd zu sagen.«

»Und was ist mit meinen Händen, mit meinen Beinen?« Mittlerweile hatte ich meine Hosenbeine aufgekrempelt.

»Alles blau. Vielleicht nicht so intensiv wie das Gesicht, aber eindeutig blau.«

Der Nebel kramte in seiner Schreibtischschublade herum, holte dann ein Päckchen Karten heraus und rief:

»Einen Augenblick! Ich habe hier die RAL-Farbenpalette. Ich kann Dir auch gleich den halbwegs genauen Ton sagen.« Er kam zu mir, legte einige Karte auf meine Stirn und gab dann das Ergebnis bekannt.

»Es ist RAL 5019, Capriblau!«

»Ich werd' verrückt!«

Mir wurde ganz flau im Magen. Es war also tatsächlich passiert. Jetzt hatte ich den Beweis. Ich war blau geworden und zwar genau seit dem Augenblick, als der blöde Bildschirmschoner die Big-Ben-Glocken schlagen ließ. So musste es gewesen sein. Das Seltsame war, ich selbst konnte es überhaupt nicht wahrnehmen. Wie das funktionierte, war mir noch nicht vollständig klar. Heute weiß ich, dass das menschliche Gehirn zu Dingen fähig ist, hinter die die Wissenschaft erst in jüngster Zeit und erst ganz allmählich kommt.

Ich saß da, mit den Händen an den Armlehnen meines Bürostuhls geklammert, und hatte eine wahrscheinlich mittlerweile nur gefühlte Blässe im Gesicht. Die anderen guckten mich an wie ein Auto und ich konnte es ihnen auch wirklich nicht verdenken. Das musste ja sehr, sehr seltsam sein, einen Kollegen zu sehen, der, quasi über Nacht, zu einem buchstäblichen "Blaumann" geworden war.

Antje hatte geistesgegenwärtig ganz schnell unsere Bürotür abgeschlossen und so blieben wir erst einmal von den lieben Kollegen verschont, die sich sonst morgens immer bei uns rumtrieben. Der eine auf der Suche nach ein paar Löffelchen Kaffee, der andere, das Brötchen in der Hand und zwischen den Zähnen, um sich vor seinem Telefon zu drücken. Die Fragen, die sie alle, quasi unausgesprochen, auf ihren Gesichtern zur Schau trugen, konnte ich nur so beantworten, dass ich wirklich nicht weiß, was mit mir geschehen war. Ich konnte ihnen nur von meinem starken Verdacht berichten, der mich gestern im Augenblick des Big-Ben-Schlags überfiel. Ich erzählte ihnen von den doch sehr zweifelhaften Erziehungsmethoden meines Vaters, die er wiederum von seiner Mutter übernommen hatte. Meine Mutter schien solche Sachen nie zu mir gesagt zu haben, ich konnte mich jedenfalls nicht daran erinnern. Meine Rede wurde hin und wieder von einem "Was?", "Hä?", "Gibt's doch nicht!", "Echt?" und weiteren Ausrufen des Erstaunens und der Verblüffung meiner Kollegen begleitet.

Antje hatte von ihren Eltern auch so etwas schon einmal gehört. Später ist es dann zusammen mit dem Nichtglauben an den Weihnachtsmann, das Christkind, den Klapperstorch und den Osterhasen wieder verschwunden. Björn konnte sich noch an die lange Nase erinnern, die bei jeder Lüge angeblich immer noch weiter wachsen sollte. Keiner aber hatte es offensichtlich so sehr verinnerlicht, wie ich es getan habe. Niemand hatte so eine Story jemals irgendwo gehört oder gelesen. Würden sie es in der Zeitung entdecken oder in irgendeinem dieser explosiven Sensationsmagazine im Privat-TV sehen, sie würden es nicht glauben und es glatt für eine Fälschung halten. Der Beweis, dass es so etwas aber tatsächlich gab, saß jetzt direkt vor ihnen. Wie lange der Effekt anhalten würde, konnte aber zu dieser Zeit weder von mir, noch von ihnen abgeschätzt werden.

Wir überlegten gemeinsam, was zu tun wäre. Sie meinten ich sollte auf jeden Fall zum Werksarzt gehen. Allein schon, um festzustellen, ob es nur vorübergehend ist und ob doch schon irgendwo ein solcher Fall oder Ähnliches aufgetreten ist. Vielleicht gibt es ja geheime Quellen der medizinischen Wissenschaft, in der solche Phänomene unter Verschluss gehalten werden. Ob unser Werksarzt allerdings Zugang zu solchen Informationen hat, möchte ich bezweifeln. Ein Versuch könnte aber sicher nicht schaden.

Kaum hatten wir uns einigermaßen beruhigt und die Kollegen sich schon an meinen veränderten Anblick gewöhnt, klingelte mein Telefon. Im Display sah ich, dass Müller-Bessenich dran war. Antje meinte zwar sofort: »Jetzt besser nich!«, aber ich hatte schon abgehoben.

»Guten Morgen, Frank! Tolle Idee, die du da hattest. Da wäre ich ja im Leben nicht drauf gekommen. Gratuliere! Mit diesem Gag reißen wir unseren blöden Spruch raus und kommen sicher ins Fernsehen. Was wollen wir mehr?«

»Ich verstehe jetzt erst mal nur Bahnhof. Was meinst du damit?«

»Na, dich! Deine tolle Idee als Blaumann hier zu erscheinen. Der Pförtner hat es mir erzählt. Ich finde es ja ein bisschen verfrüht, aber so können wir uns an den Umgang schon langsam gewöhnen.«

»Sag mal, du hast doch nicht mehr alle Tassen im Schrank! Also ehrlich, das kann aber auch nur dir einfallen. Such dir ein anderes Maskottchen für deine Messe. Tschüss!«

Ich warf den Telefonhörer auf den Schreibtisch. Antje legte ihn dann ordentlich auf den Apparat.

»Habt ihr das mitgekriegt? Der Müller-Bessenich glaubt es wäre ein Gag, den ich mir für den Messeauftritt ausgedacht habe.«

»So falsch liegt er damit nicht. Ich habe es ja auch gedacht.« meinte Björn.

Antje fand es zwar auch ziemlich verfrüht, grundsätzlich konnte sie der Sache aber etwas abgewinnen.

»Ich bin zwar kein Fan von Müller-Bessenich und seine Marketing-Ideen kommen doch eher aus der Waschküche von seiner Oma, aber in diesem Fall könnte er ausnahmsweise mal richtig liegen.«

Ich war sprachlos. Meine Kollegen sahen mich also schon als so was wie Micky Maus auf unserem Stand rumhopsen und die Kundschaft in Scharen auf unseren Stand locken. Andererseits konnte man aus diesem Desaster für mich auch einen Erfolgsauftritt für unsere Firma machen. Alles kann man von zwei Seiten sehen. Das ist ja auch so ein alter Spruch. Es gibt eben immer die zwei Seiten einer Medaille.

Ich besah mich noch einmal im Spiegel und ging, bevor ich es mir doch noch anders überlegen konnte, zum Werksarzt. Die Tür zu unserem Raum war mittlerweile wieder auf und der eine und andere guckte von außen zu uns rein, aber einzutreten hatte sich bisher noch keiner gewagt. Das würde sich jetzt sofort ändern, wenn ich weg war.

3

Auf dem Weg durch die Gänge, über den Hof und im Wartezimmer konnte ich studieren, wie sich Menschen verhalten, denen etwas so Ungewöhnliches wie ich es nun war, begegnete. Erst so tun, als hätten sie mich nicht gesehen, dann ein verstohlenes, aber genaueres Hingucken, wenn ich auf gleicher Höhe bin und dann wird sich schnell weggedreht, weil sie sich ertappt glauben. Haben sie mich passiert, wird sich in jedem Fall umgedreht. Immerhin wurde ich auf dem Weg von allen gegrüßt. Angehalten und ein paar Worte mit mir gewechselt hatte keiner, obwohl ich mindestens zwei Kollegen traf, die ich näher kannte.

Der Werksarzt war eine Frau, eine Frau Dr. Maria Weck-Brecher. Der Werksarzt war seit dem letzten Monat in Rente und seine Nachfolgerin seit drei Wochen im Amt. Ich hatte es in unserem Werksblättchen anscheinend nicht gelesen oder es stand nicht drin. Ihr Doppelname wurde sicher bald kolportiert. Weck-Brecher, das forderte ja direkt dazu auf. Warum man sich das mit diesen Doppelnamen antat, war mir immer ein Rätsel geblieben. Besonders bei dieser Kombination oder, noch schrecklich-schöner, bei z. B. Leutheusser-Schnarrenberger.

Nach der ersten Verblüffung, bei der sie für kurze Zeit sichtbar den Atem anhielt, fragte sie mich:

»Guten Tag Herr Blumen, die Frage, was Sie zu mir führt, kann ich mir ja wohl sparen. Ich komme deshalb gleich zu Sache. Nehmen Sie irgendwelche Medikamente ein, die Glyzerin enthalten?«

»Nein. Ich interessiere mich dafür, ob das ein Dauerzustand ist und ob es vergleichbare Fälle gibt.«

»Mal langsam. Erst müssen wir einmal abklären, wie es dazu kam. Seit wann haben sie das denn? Seit gestern also. Das entnehme ich hier der Notiz von der Aufnahme. Kam das ganz plötzlich? Oder können Sie sich erinnern, ob Sie vielleicht in einem Betrieb waren, in dem Sie vorher noch nicht waren?«

»Ich war in keinem Betrieb. Und wenn, dann müsste es ja schon mal von den dort arbeitenden Kollegen einen getroffen haben.«

»Ja, aber vielleicht muss noch eine besondere Prädisposition dazukommen, die nur Sie haben. Genetisch oder durch eine Vorschädigung der Haut, oder so was.«

»Das kann ich, glaube ich, ausschließen, denn es passierte, als die Big-Ben-Uhr im Bildschirmschoner meines Kollegen zwölf schlug.«

»Sind wir jetzt in der "Vorsicht, Kamera"-Version von Service 2000?«

»Punkt! Soviel Zeit muss sein«, konnte ich mir grinsend nicht verkneifen.

»Jetzt mal im Ernst. Das glauben Sie doch selbst nicht. Oder?«

»Mir fällt keine bessere Erklärung ein. Sie kennen doch sicher auch den Spruch von Omas, dass die Grimassen so bleiben, wenn die Uhr schlägt. So was ist bei mir eben tatsächlich zuge-troffen.«

»Das kann ich nicht glauben. Ich nehme jetzt eine Hautprobe und schicke sie an das dermatologische Institut der Uni Gießen. Das erlauben Sie doch?«

»Klar, ich will ja auch wissen, was das ist.«

»Außerdem schicke ich Sie zu einem Psychologen in Frankfurt, den ich gut kenne, der sich auch ein Bild davon machen soll. Das kann ja auch was Psychologisches bzw. Psychosomatisches sein. So eine Art Projektion von inneren Zuständen, Zwängen und latenten Neurosen. Ich kenne mich da nicht ganz so genau aus.«

»Wenn es denn der Aufklärung dient, mache ich das.«

»Was wollen Sie jetzt machen? Soll ich Sie denn krankschreiben? Wollen Sie eine Überweisung in eine Spezial-Klinik, wenn es so eine geben sollte?«

»Nein. Ich fühle mich ja ganz normal und außerdem, das hatte ich noch gar nicht gesagt, ich selbst sehe mich nicht in Blau. Nur die anderen halten mich für einen wandelnden Blaumann oder einen von der Blue Man Group.«

»Was!? Die Sache wird ja immer interessanter!«

»Ich bin auch hundertprozentig davon begeistert.«

»Das haben Sie jetzt aber mit einem zwinkernden Smiley gesagt.«

»Ja, so könnte man es sehen. Aber es ist auch einer, dessen anderes Auge eine Träne verdrückt. Oder sagt man eines? Heißt es nun der Smiley oder das Smiley?«

»Ihre Sorgen möchte ich auch haben. Ich würde sagen: Der Smiley. - Okay. Lassen Sie mich jetzt eine Probe ziehen, wie man hier im Betrieb zu sagen pflegt, und dann sehen wir in ca. einer Woche weiter.«

»Ja machen Sie das, aber von einer Stelle, die mich nicht noch mehr verunstaltet.«

»Falls sich irgendetwas ändert an Ihrem Zustand, so oder so, kommen Sie direkt zu mir. Ich behandele Sie als Notfall. Ist doch auch schon mal was.«

»Ich habe mich nicht danach gedrängt.«

Sie hatte mir mittlerweile mit einer Pinzette und einem Skalpell ein kleines Stück Haut vom Oberarm rausgeschnitten. Sie meinte, man bräuchte es nicht zu klammern, ein Spezialklebepflaster würde genügen.

Ich bedankte mich bei ihr und verabschiedete mich. Als ich aus dem Sprechzimmer in den Vorraum kam, sah ich wie die Angestellte hinter dem Tresen schnell das Telefon auflegte, ohne die üblichen Schlussformeln. Ich war also schon das Tagesgespräch und würde es vielleicht auch noch für ein paar Tage bleiben. Dass es Monate dauern würde und jetzt immer noch zutrifft, konnte ich damals ja nicht ahnen.

Die Ärztin hatte die ganze Sache ziemlich kurz und schmerzlos behandelt. Ich hatte irgendwie das Gefühl, sie hält mich, wenn nicht gerade psychisch gestört, doch für so angegriffen, dass mich eine kleine harmlose Begebenheit so aus dem Gleis bringt und sich das auf diese, zugegebenermaßen etwas seltsame Art und Weise, manifestiert. Wie genau, will sie ja noch klären. Jedenfalls findet die von mir angebotene Erklärung bei ihr keinen großen Beifall. Wahrscheinlich erzählt sie heute nach Feierabend ihrem Mann beim Abendessen von dem seltsamen Fall und sie lachen sich darüber krank. Ein Typ, der auf der Arbeit blau macht! Vielleicht wartet sie aber gar nicht so lange und hat sofort zum Telefon gegriffen.

Mit diesen Gedanken im Kopf lief ich wieder durch das Gebäude und kam dabei auch an dem sogenannten "Blauen Salon" vorbei, einem fensterlosen, großen Raum, in dem Vorträge und größere Abteilungsversammlungen abgehalten werden. Auch die Wände des vorgelagerten Foyers waren ganz in Capriblau angelegt. Ich lief gerade an der Wand entlang, als eine junge Frau die Tür zur Personalabteilung, die auf das Foyer mündete, rückwärts aufdrückte, weil sie ein Tablett voller Kaffeetassen und Thermoskannen vor sich her trug und deshalb keine Hand frei hatte. Sie drehte sich herum und sah mich. Alles Weitere passierte wie im Kino. Ein spitzer Schrei. Sie ließ das Tablett fallen, das zu Boden schepperte und die Tassen umherkullerten, eine Kaffeekanne zersprang mit einem dumpfen Ton und der Kaffee ergoss sich über den blauen Teppichboden. Und dann stand sie, beide Hände an den offenstehenden Mund gepresst, mit schreckgeweiteten Augen wie zur Salzsäule erstarrt, in der Tür. Es war Anja Hübsch aus der Personalabteilung, die anscheinend auf dem Weg zu einem Besprechungszimmer war. Jetzt konnte man kaum etwas davon erkennen, dass sie nicht nur den passenden Namen trug, sondern es auch wirklich war. Ich lief zu ihr und sagte, sie solle alles liegen und stehen lassen und lieber einen Besen holen und vielleicht eine Putzfrau, also eine Reinigungskraft, auftreiben, ich würde mich drum kümmern, dass niemand in die Scherben tritt. Sie war immer noch ziemlich verdattert, als sie hervorstieß:

»Meine Güte. Haben Sie mich erschreckt, Herr Blumen!«

»Waren Sie so in Gedanken oder gibt es hier nur ganz selten menschliche Wesen?«, frotzelte ich.

»Mensch ist gut. Ich dachte, da läuft ein kopfloser Zombie über den Gang und habe mich fürchterlich erschrocken. Das ist ja wohl kein Wunder.«

Jetzt erst war mir alles klar. Ich war an der blauen Wand entlang gelaufen, die dummerweise in genau dem gleichen Blauton wie mein Kopf gestrichen war. Wie vor einem Blue Screen beim Film, war alles in der gleichen blauen Farbe, unsichtbar mit dem Hintergrund verschmolzen. Ich war für den ahnungslosen Betrachter dieser Szene kopflos. So war es auch Anja Hübsch vorgekommen. Es dauerte eine gewisse Zeit, bis ich das alles aufgeklärt hatte. War sie erst erschrocken, war sie danach ziemlich betroffen und versuchte mich zu trösten. Es sei sicher nur von kurzer Dauer und die Medizin würde doch heutzutage wahre Wunder vollbringen. Wenn ich ein Problem hätte, wegen Sonderurlaub oder so, würde sie alles unternehmen, damit ich mich um die Heilung kümmern könnte. Sie hielt es also auch für eine Art Krankheit, für die es doch bestimmt eine Pille oder ein Pülverchen gab.

Mittlerweile war die Putzkolonne für diesen Gebäudeteil aufgetaucht. Nachdem in dem blauen Gang die gleichen Reaktionen auf mich noch ein paar Mal abgelaufen waren, konnte das zerbrochene Geschirr endlich zusammengefegt und die mittlerweile riesige Kaffeelache beseitigt werden.

Ich verzog mich dann auch und vermied es seit diesem hübschen Erlebnis nach Möglichkeit, das Foyer dort zu durchqueren.

4

Der Ausflug zu der Werksärztin und der Weg hin und zurück hatte Zeit gekostet und die nächste Herausforderung stand an: das Mittagessen in der Kantine. Wir, also Antje und Björn, machten uns zusammen auf. Die beiden Kollegen hatten sich mit meinem veränderten Aussehen, so wie es aussah, schon abgefunden. Sie waren ja auch die Einzigen, die die Verwandlung hautnah miterlebt hatten und einigermaßen nachvollziehen konnten, was mir passiert war, wenn sie es auch nicht wirklich begreifen konnten. Naturgemäß kamen wir an verschiedenen Paaren und Grüppchen vorbei, die alle auf dem Weg in die Cafeteria waren. Früher hieß es ja Kantine, aber im Zuge der Umstrukturierung wurde die Kantine umgebaut, auf Selbstbedienung umgestellt, das Angebot erweitert und dann auch, dem allgemeinen Trend folgend, in Cafeteria umbenannt. Es gab verschiedene Reaktionen, wenn ich ins Blickfeld kam. Alle guckten erst mal hin. Die näher mit mir bekannt waren, winkten mir dann zu und taten so, als hätte sich überhaupt nichts geändert. Die anderen sahen schnell wieder weg, verstummten kurz, wenn sie mit ihren Nebenleuten im Gespräch waren, und fingen dann eine Spur lauter und sehr verkrampft wieder an zu reden. Kaum einer schien nichts zu wissen. Die Telefonkette war an diesem Morgen sicher heiß gelaufen und mir schien es sogar, als wäre die Cafeteria an diesem Tag besser besucht als sonst. Frau Plicht, die an der Kasse stand und immer einen flotten Spruch auf den Lippen hatte, blickte mich nur kurz an und sagte nichts. Es hatte ihr tatsächlich einmal die Sprache verschlagen. Wir setzten uns an unseren Stammtisch und das Essen verlief eigentlich genauso, wie an allen anderen Tagen. Bis Müller-Bessenich kam. Er war wahrscheinlich der Einzige, der noch nicht auf dem neuesten Stand der Dinge war, und glaubte immer noch, ich hätte mir lediglich einen Gag für die Messe einfallen lassen. Ohne sich etwas aufs Tablett zu laden, kam er direkt an unseren Tisch und rief schon aus einiger Entfernung:

»Frank, das sieht ja wirklich täuschend echt aus. Du bist ja total blau.« Nur er lachte laut über diesen tollen Witz.

»Aber bis zur Messe sind es doch noch ein paar Tage. Du brauchst doch nicht die ganze Zeit so herumzulaufen. Mich hast du schon überzeugt.«

Er setzte sich zu uns und quasselte, ohne darauf zu achten, ob wir überhaupt Lust hatten mit ihm zu reden, einfach weiter.

»Die Sache ist schon gebongt. Mit Kienzle habe ich schon gesprochen. Der ganze Auftritt wird darauf aufgebaut. Wortspiele mit Blau gibt es ja genug. Vom Blaumachen bis zur Blaupause kann man alles mit uns in Beziehung bringen. Zimmermann arbeitet schon an den Postern.«

Auf irgendwelche Beiträge von uns war er anscheinend nicht scharf, weil er gleich fortfuhr:

»Wenn du sowieso noch in der Maske rumläufst, kannst du nach dem Essen ja schon Mal zu Zimmermann fahren, damit er ein paar Bilder für die Prospekte und Poster von Dir schießen kann. So fotogen wie jetzt warst du ja noch nie.«

Er lachte sich wieder ganz alleine fast kaputt.

Mit einem: »Also bis dann!« ging er sich dann endlich sein Essen holen. Antje und Björn, aber auch alle anderen Kollegen, die am selben Tisch saßen oder in unmittelbarer Nähe, waren baff. Andererseits wirkte die Müller-Bessenich-Attacke auf mich auch wie das Öffnen eines Ventil auf die anderen. Schlagartig war unser Tisch belagert und ich zum Mittelpunkt des Interesses avanciert. Nachdem der Bann nun gebrochen war, redeten alle durcheinander. Antje und Björn gehörten nun zum innersten Kreis und fungierten nach verschiedenen Seiten als meine Pressesprecher. Die Mutigsten kamen zu mir und strichen doch tatsächlich über meine Haut. Ich fühlte mich fast wie eine Ziege im Streichelzoo. Es gab Ratschläge, Vermutungen, Tipps und manche fühlten sich sogar veräppelt, weil sie einfach nicht glauben wollten, dass es eine tatsächliche Veränderung meiner Haut war. Sie glaubten weiter an eine Ganzkörper-Bemalung, die aber, das mussten sie zugeben, von einem echten Profi stammte. Susanne war auch in der Cafeteria, würdigte mich zwar keines Blickes. Sie hatte mich aber offenbar doch gesehen, denn später schickte sie mir eine SMS. Was denn sonst? Ziemlich lapidar stand da: "Typisch! Immer übertreiben! Es ändert sich trotzdem nichts!!!! S." Wahrscheinlich spielte sie damit auf eine Bemerkung an, die ich einmal ihr gegenüber gemacht hatte. Ich könnte mich manchmal über sie nicht nur grün ärgern könnte, sondern auch blau. So ungefähr waren die Worte. Den Anlass dafür weiß ich nicht mehr.

Irgendwann waren alle auf dem aktuellen Stand und es wurde letztlich als eine außergewöhnliche Marketingmasche angesehen, die zwar gewöhnungsbedürftig war, aber zu einer jungen und, immer wieder gern strapaziert, innovativen Firma passte. Insgesamt war es besser gelaufen, als ich gedacht hatte. Solange es als Messegag angesehen wurde, konnte ich zwar bestaunt, aber weitestgehend unbehelligt meine Arbeit tun. Wenigstens, wenn ich im Hause blieb. Was nach der Messe wurde, konnte noch keiner mit Sicherheit voraussagen. Da ich auf das Ergebnis des Labors warten musste und auch nicht wusste, ob der Spuk morgen wieder vorbei war, war es das Einfachste, mit den Wölfen zu heulen und zu Zímmermann zum Photoshooting zu fahren. Da ich mit Udo Zimmermann und seiner Mannschaft ein gutes, nachbarschaftliches Verhältnis hatte, machten wir uns einen schönen Tag. Erst schossen wir Fotos von mir in jeder Position, die ich einnehmen konnte. Hin und wieder schossen wir auch ziemlich albern über das Ziel hinaus. Dann wieder ernsthaft in verschiedenen Business-Posen, lächelnd, lachend, ernst, mit gekämmten und zerrauften Haaren, aus der Nähe, im Stehen, im Liegen und im Sitzen. So viele Bilder von mir, wie an diesem Tag, wurden in meinem ganzen bisherigen Leben noch nicht gemacht. Aus dem ganzen Wust von Fotos suchten wir ein paar gelungene heraus und praktizierten sie auf die verschiedenen Poster mit dem tollen Spruch von Müller-Bessenich. Dann feierten wir das Ergebnis, das sich unserer Meinung nach durchaus sehen lassen konnte, mit einem Glas Sekt. Bei einem blieb es natürlich nicht, aber an geregelte Arbeit war an diesem Tag sowieso nicht mehr zu denken.

Als ich am nächsten Morgen zu Müller-Bessenich kam, war er erstaunt, mich immer noch geschminkt zu sehen. Nur allmählich begriff er die völlig neue Situation. Er saß einem Kollegen gegenüber, der dauerhaft und für immer blau war, wie lange genau es so sein würde, wusste zu dieser Zeit ja niemand. Er wollte natürlich wissen, wie es passiert ist und ob ich schon irgendwelche Maßnahmen ergriffen hätte. Es ging ihm dabei aber hauptsächlich um sein tolles Marketingprojekt auf der Messe und weniger um mich. Er war ganz beruhigt, als er hörte, dass erst mal mit einer unbestimmten Dauer der Blaufärbung zu rechnen war.

»Frank, du weißt gar nicht, wie sehr du mir geholfen hast.«

»Ehrlich, Ralf, eigentlich hatte ich gar nicht vor Dir zu helfen. Eher war es so, dass mir dein toller Spruch als ziemlich daneben gegangen erschien und ich deshalb diese blöde Bemerkung gemacht hatte, die dir nun so gut in den Kram passt.«

»Okay, das ist jetzt so. Aber wir alle sollten doch, und das gilt auch für dich, das Beste draus machen. So einen Knüller schickt uns doch der Himmel. Auf der Messe sind tausende Firmen und alle wollen ihre jeweiligen Konkurrenten übertrumpfen. Mit allen Mitteln.«

»Du erzählst mir da nichts Neues. Du musst jetzt nicht den Marketing-Guru geben, nur weil du Marketing schreiben kannst.«

»Spaß beiseite, Ernst herbei, Frank.«

»Mir ist es ernst. Ich meine, du übertreibst.«

»Oh verdammt, ich muss gleich zu einem Meeting. Frau Teufl hat ein Zimmer in Hannover für dich besorgt und du fährst schon einen Tag vorher mit ihr hin. Ihr bereitet den Stand vor und überwacht die Leute von Zimmermann. Sorgt dafür, dass die Anschlüsse für Strom, Telefon und Wasser vorhanden sind. Jetzt können wir ja etwas großartiger auftreten. Mit dir als Knüller.«

»Ach! So ist das also. Ohne mich wärst du ohne Strom und Wasser ausgekommen? Telefon brauchen wir auch nicht, es gibt ja Handys. Übernachtet wird im Auto oder in der Jugendherberge. Irgendwie merkt man immer noch, dass du aus der tiefsten Eifel kommst. Das hieß ja früher das Sibirien Deutschlands. Anscheinend mit Recht!«

»Komm jetzt übertreib mal nicht. Ich muss. Die Einzelheiten kannst du ja mit Frau Teufl besprechen. Bis dann und nochmals vielen Dank für deinen Einsatz. Tschüss!«

Weg war er und ich wusste immer noch nicht so recht, wie wir da auftreten wollten. Das Ganze kam mir wie aus der Hüfte geschossen vor. Bei Müller-Bessenich passt vielleicht der Vergleich "mit heißer Nadel gestrickt" besser.

»Wenn ich jetzt Plan B bin, was war dann Plan A?«, murmelte ich vor mich hin und wäre beinahe mit Frau Teufl zusammengestoßen, die, das Handy am Ohr, zur Tür hereinstürmte.

»Ist der Besser-nich nicht mehr da? Na gut, dann müssen wir das jetzt alleine machen. Wir sind ja jetzt ein Team. Guten Morgen! Sie machen ja immer noch blau. – War nur ein Scherz.«

Solche Sprüche musste ich mir nun dauernd anhören. Seltsamerweise gab es überhaupt keine Scheu mir gegenüber. Anscheinend war die Blaufärbung als etwas so Exotisches anzusehen, dass keine anderen Standardreaktionen passten. Man tat einfach so, als wäre ich, tiefer gebräunt als sonst, gerade aus dem Urlaub gekommen. Später erfuhr ich dann, welche Theorien über den Ursprung meiner Blauwerdung durchs Haus geisterten. Die Glockenschlaggeschichte wurde allgemein als völlig aus der Luft gegriffen eingeschätzt. Eine plötzliche Pigmentstörung infolge einer gewaltigen Gefühlsaufwallung wurde schon eher für möglich gehalten. Angeblich soll Andy Warhol ja auch über Nacht zum Albino geworden sein. Die beste Chance als Theorie zu überleben hatte die Geschichte, dass ich gewettet hätte, mich blau zu färben, wenn der Spruch von Müller-Bessenich es tatsächlich auf den Messestand schaffen würde. Obwohl total unwahrscheinlich, glaubten das die meisten. Weil es momentan das Einfachste war, ließ ich sie dabei. Überraschend war es schon. Blau zu sein ist anscheinend weit davon entfernt, schwarz zu sein. Eine interessante Möglichkeit für Schwarzafrikaner sich sozusagen unsichtbar zu machen. Man kommt schon auf sehr seltsame Problemlösungen, wenn man so über die merkwürdigen und unvorhersehbaren Reaktionen seiner lieben Mitmenschen nachdenkt.

Mittlerweile hatte Frau Teufl mich zu ihrem Büro gelotst und wir vertieften uns in die Formulare, die noch auszufüllen waren und die Checklisten, die sie aufgestellt hatte, damit uns auch nichts entging. Hannover ist weit und alles, was nicht auf dem Messestand war, musste mühsam aus der Ferne organisiert werden. Für uns als "Service 2000 •" war es die erste große Messe. Frau Teufl hatte, bevor sie zu uns kam, wenigstens schon einmal bei einer Ausstellung auf einem Handwerkermarkt in Oberhessen maßgeblich mitgearbeitet. Die Messe in Hannover war zwar mehrere Nummern größer, aber viele Dinge glichen sich auch.

Es stellt sich heraus, dass das Zimmer für mich in einer Pension in dem nächsten Ort zur Messe war, in Laatzen. Etwas Besseres wäre so kurz vor Beginn nicht mehr zu kriegen gewesen. Sie selbst hätte zum Glück eine Tante in Hannover, bei der sie wohnen könnte. Für Müller-Bessenich war das sicher das Hauptargument gewesen, um Frau Teufl einzustellen. Vielleicht tue ich ihm aber auch unrecht und er hat überhaupt nichts mit der Auswahl von Personal für seine Abteilung zu tun, sondern sie ist eine entfernte Verwandte vom Geschäftsführer oder eine sehr gute Bekannte von unserem Personalleiter. So etwas soll ja schon hin und wieder vorgekommen sein.

»Also. Sie sind jetzt unsere Blaue Mauritius und ich soll dafür sorgen, dass unsere Kundschaft davon hört und wie wild bei uns Dienstleistungen ordert. Die Aufgabe ist doch ganz einfach und überschaubar.«

»Für sie vielleicht. Mir kommen doch noch ein paar wenige Zweifel, ob das Konzept so aufgeht, wie Ralf Besser-nich sich das in seinem jugendlichen Eifel-Eifer vorstellt.«

»Machen Sie sich Mal nicht so viele Gedanken. Ich habe ein paar Kontakte bei der Presse und dem Fernsehen. Sie werden sehen, das wird schon.« Sandra Teufl tätschelte mir dabei auf dem Arm herum. Wahrscheinlich, um festzustellen, ob das Blau auch die Beschaffenheit meiner Haut verändert hat, wie z. B. die Haut einer Echse oder so was Ähnliches. Das konnte ja heiter werden. Alle Messebesucher, die auf unserem Stand mit mir in Kontakt kommen, würden doch sicher versuchen, mich zu tätscheln. Noch schlimmer: auch die Besucher von den Nachbarständen würden ebenfalls mit allen Mitteln versuchen, mir nahe zu kommen, damit sie mich ungestraft und ohne aufzufallen tätscheln können. Mir wurde, schon allein bei dem Gedanken daran, ganz schlecht. Vielleicht sollte ich schon einmal anregen, vorsorglich einen Käfig für mich mitzunehmen.

»Mit uns in den grünen Bereich und Sie machen blau, oder so ähnlich, ist zwar ziemlich hirnrissig, aber mit einem echten Blaumann, wie ihnen, könnte das wirklich der Knüller sein.« Frau Teufl hielt sofort die Hand vor den Mund und schob ein: »Oh, Verzeihung!« nach.

»Ist schon in Ordnung. Ich weiß ja, dass ich hier unter dieser Marke bekannt bin.«

»Okay! Wir haben einen Stand in einer Halle, in die hauptsächlich Aussteller kommen, die zu spät gebucht haben, die man nicht einordnen kann oder die nichts bezahlen wollen. Rechts neben uns ist eine Firma aus Euskirchen die Großventile baut. Auf der linken Seite sind die Stadtwerke von Friedberg. Gegenüber ein Schraubenfabrikant aus Korea, der Innensechskantschrauben anbietet, die sich selbst ihr Gewinde in Metall schneiden. Tolle Idee! Für Links- und Rechtsgewinde.«

»Das ist ja eine bunte Nachbarschaft. Hoffentlich findet uns da jemand.«

»Der Kollege, dem wir den Messestand zu verdanken haben, hat wohl nicht den Haken an der richtigen Stelle gemacht. Aber egal, fürs erste Mal wird es gehen und außerdem sind wir ja auch recht breit aufgestellt.«

»Gut gesagt! Sie haben es ja schon gut drauf, die Marketingsprache. Mal sehen, wie lange ich brauche, bis ich auch so weit bin.«

»Das geht doch Ruck Zuck. Die Marketing-Menschen und die Politiker haben doch ein paar vorgefertigte Worthülsen, die immer passen, egal in welcher Mischung.«

»Ja, das stimmt. Aufgestellt kommt immer mit gut, besser und perfekt, wenn man von sich redet und mit nicht davor, spricht man vom Wettbewerb.«

»Bei den Politikern kann man darauf wetten, dass rechts immer in Verbindung mit populistisch kommt.«

»Das Thema können wir ja auf der Messe ja noch vertiefen, wir beide sind nämlich die Einzigen, die ohne Ablösung die ganze Zeit aushalten müssen. Toll was!«

»Supertoll! Und dann noch die Nächte in der Pension in Laatzen. Klasse!«

»Eigentlich könnten wir doch jetzt schon auf das "Sie" verzichten. Ich heiße Sandra.«

»Find' ich gut! Ich heiße Frank, wie du ja weißt.«

Ich konnte es mir nicht verkneifen und schob nach: »Der schöne lateinische Spruch: Nomen est omen trifft ja auf dich sicher nicht zu. So ein Teufel scheinst du ja nicht zu sein. Oder?«

»Du kannst dir ja bald selbst ein Bild davon machen. Bei dir gibt es aber keinen Zweifel, dass er auch mal stimmt. Der Spruch.«

»Wieso?«

»Na, Blumen heißt doch, wenn man es nicht gar zu genau nimmt, aus dem Neudeutschen übersetzt: Blaumänner. Das passt doch bei dir perfekt, sogar bis auf das blaue Auge!«

»Ja, stimmt! Ich vergesse das immer, denn ich sehe mich ja nicht, wenn ich so schön blauäugig in die Welt gucke.«

»Ich sehe es auch kaum noch. Ich glaube fast, das geht vielen in der Firma so.«

»Übrigens, das mit dem "Du" sagen wir unserem Müller besser nich gleich.«

»Wieso denn das?«

»Ich kenne ihn schon länger. Der glaubt immer schnell an Verschwörungen. Ein Beispiel: Vor Jahren haben wir in einer EMR-Montagetruppe zusammengearbeitet. Er hatte damals behauptet, ein Kollege würde seine Arbeit sabotieren. Die Drahtverbindungen, die er gemacht hätte, wären über Nacht gelockert worden, sodass er sie am nächsten Tag noch einmal machen musste. Wir hatten damals in zwei Schichten gearbeitet. Der Kollege wurde von ihm quasi weggemobbt und kam dann in die Werkstatt.«

»Na so was! Hat es denn gestimmt?«

»Natürlich nicht. Nach ein paar Wochen hat sich herausgestellt, dass ein Großteil der Rangierverteilersäulen wegen eines Fabrikationsfehlers zu große Gewindelöcher hatte und sich die Schrauben nach mehrmaligem An- und Abklemmen bzw. durch betriebliche Erschütterungen von selbst lösten. Die defekten Rangierverteiler mussten dann alle ausgetauscht werden. Rangierverteiler sind wie die Abzweigdosen im Haus, nur in riesig.«

»Und keiner hat etwas gesagt?«

»Den wahren Zusammenhang zwischen Gemobbtem und defekten Verteilern hat keiner mehr gesehen. Der Kollege hatte kurz nach der Sache gekündigt und die Truppe wurde immer wieder anders zusammengesetzt. Aber ich weiß es noch und er weiß, dass ich es weiß.«

»Wow, das ist ja wie in der Mafia oder bei den Geheimagenten.«

»Genau! Und du weißt jetzt auch wie Müller-Bessenich gestrickt ist. Dann kannst du dich besser auf seine Intrigen einstellen. Irgendwann ist das für dich sicher nützlich.«

»Gut, dann beenden wir jetzt unsere konspirative Sitzung für heute. Falls noch irgendetwas Wichtiges kommt, sage ich dir Bescheid.«

»Also, dann bis dann.«

Ich machte mich wieder auf den Weg in mein Büro und freute mich schon richtig auf die Messe. Immerhin bestand die Möglichkeit, dass Sandra wirklich nicht viel von einem Engel hatte und ein paar kleine Teufeleien mit ihr möglich waren. Eine Woche ist eine lange Zeit. So weit weg von daheim, ergibt sich leichter die eine oder andere Gelegenheit.

Kaum war ich an meinem Platz und hatte mir gerade eine Tasse Kaffee eingeschüttet, meine e-Mails aufgerufen, als das Telefon klingelte. "Klingelte" kann man gar nicht mehr sagen, seine Melodie abspielte, bei mir war es "Love me do" von den Beatles. Sandra war dran:

»Tut mir leid, aber eben habe ich erfahren, dass ich meiner Mutter beim Umzug helfen muss. Mein Bruder ist ausgefallen und alleine schafft sie es nicht. Ich kann also die letzten Aktionen für die Messe nicht machen. Könntest du das für mich übernehmen? Bitte, bitte! Viel ist es ja nicht mehr, du weißt am Besten mit allem Bescheid und bist auch der richtige Mann. Am ersten Messetag bin ich auf jeden Fall in Hannover und mache alles für dich.«

»Das kommt zwar ziemlich plötzlich, aber ich will mal nicht so sein. Das meiste ist ja wirklich schon erledigt. Okay, ziehe um, aber lass' mich auf der Messe nicht im Stich. Ich überlebe das sonst nicht.«

»Mir fällt ein Stein vom Herzen. Ich schreibe dir noch schnell eine Mail mit den wichtigsten Dingen und dann muss ich los. Meine Mutter wohnt nämlich in Paderborn. Also vielen Dank. Ich lade dich in Hannover auch zum Essen ein. Eine Frittenbude werden die da ja wohl haben.«

Nach ein paar weiteren Floskeln legte ich auf. So ist das, wenn man sich in der Firma mit Leuten duzt, das wird sofort ausgenutzt und dann auch gleich schamlos. Meine anderen Dinge konnte ich direkt abhaken. Zum Glück kochte aber meine Vertriebstätigkeit sowieso auf ziemlich kleiner Flamme, weil überall wegen der Messe die entscheidenden Leute nicht greifbar waren. Entweder in einem Meeting, Besprechung, Gespräch, Telefonat oder auf der Autobahn von oder nach Hannover unterwegs. Jedes Jahr das gleiche Problem: Vor einer Messe ist immer wie nach einer Messe und das wird von allen Geschäftspartnern wochenlang als willkommene Ausrede für "keine Zeit" und angeblich "totalen Stress" gebraucht.

5

Heute bin ich auch auf der Autobahn unterwegs nach Hannover. Die letzten Tage kam ich zu keinem nennenswerten Privatleben mehr. Tagsüber pausenlos irgendwelche Treffen mit den unterschiedlichsten Leuten. Mehrmals mussten die Listen der Teilnehmer erneuert werden, immer wieder wollte, konnte oder durfte einer von den verschiedenen Abteilungen nicht. Da es ja das erste Mal war, wollte man einerseits nichts falsch machen, andererseits wusste aber auch keiner, wie er es richtig machen sollte. Jeder Leiter einer Service Einheit wollte seinen Laden besonders in den Vordergrund rücken und dazu wurden die abenteuerlichsten Marketingideen produziert, die alle besprochen, geprüft und dann möglichst diplomatisch wieder verworfen werden mussten. Manche versuchten dann, bei Müller-Bessenich direkt oder hintenherum etwas zu erreichen. Der ließ sich scheinbar erweichen, schickte mich jedoch dann vor, es abzulehnen. Freunde machte ich mir bei diesen Aktionen nicht gerade. Ich hoffte, das Gedächtnis meiner Kontrahenten reicht nicht länger als eine Woche. Nach der offiziellen Dienstzeit plus der obligatorischen Verlängerungen durch Müller-Bessenichs Besprechungen und der anschließenden Bearbeitung meiner liegen gebliebenen Angebote, Anfragen und Telefonate, war ich froh, wenn ich vor neun zu Hause war. Fernsehen konnte ich auch vergessen, denn nichts hasse ich mehr, als einen Teil von Filmen nicht mitzukriegen. Dann gucke ich lieber gar nichts. Sendungen aufnehmen und sie später abzuspielen ging auch nicht, denn mein Videorecorder war damals defekt. Wegen eines Festplattenfehlers musste das Teil eingeschickt werden und das dauerte. Wahrscheinlich konnte es nur in Singapur repariert werden. Hier sind die ja zu nichts mehr in der Lage. Also las ich ein Buch und ging dann ins Bett. Kneipentouren fielen aus diesen vielen Gründen auch aus.

Die Ober-Rosbacher hatten deshalb von ihrem blauen Mitbürger noch nichts gesehen und jetzt war ich, wie gesagt, unterwegs, um mich für ein paar Tage auf der Hannover Messe rumzutreiben. Vorher hatten die Leute an der Raststätte Rynern an der A2 noch das Vergnügen, mich als Blaumann zu bewundern. An diesem Tag hatten wir schönes Wetter. Ich war über Dortmund gefahren, weil ich da noch sagenhaft günstig gedruckte Broschüren abholen musste. Obwohl Mitte April, war das Wetter frühlingshaft warm, die Sonne schien vom wolkenlosen Himmel und lockte tatsächlich einige Autofahrer ins Cabrio. So auch die junge Frau, keine Blondine, die gerade parken wollte, als ich zum Restaurant ging. Sie konnte den Blick nicht von mir wenden, bis sie über den Bordstein fuhr und in einen Postkarten- und Sonnenbrillenständer krachte. Die Leute liefen gleich zusammen und ihnen war klar, wieso sie die Bremse nicht gefunden hatte. Ein Streifenwagen der Autobahnpolizei parkte zwei Wagen weiter und die nahmen die Sache gleich in die Hand. Es war keinem etwas passiert, aber die Personalien konnten sie ja schon einmal aufnehmen. Bei mir waren sie leicht verunsichert. Sie wussten anscheinend nicht, wie sie mich behandeln sollten. War ich ein echter blaublütiger Mensch, ein blau angemalter Clown für irgendeine Vorstellung oder ein auf ganz neue Art Maskierter, der gerade die Restaurantkasse ausrauben wollte. Sie ließen sich den Führerschein zeigen und nachdem sie festgestellt hatten, dass ich nicht bemalt war, überlegten sie laut, ob das Bild im Führerschein noch gültig ist. Unter diesen Umständen. Ich behauptete, dass die Blaufärbung eine zwar ärgerliche, aber nur zeitweise auftretende Nebenwirkung von einem Medikament ist, das ich gerade wegen eines Nierenleidens nehmen müsste. Sie waren damit zufrieden und kümmerten sich um die Fahrerin. Das machte ihnen sichtlich mehr Spaß und ich verzog mich schnell aus der kleinen Menschenmenge, die sich gaffend um uns gebildet hatte. Anscheinend wurde die Nebenwirkungsgeschichte allgemein geschluckt, denn ich sah keine feindseligen Mienen auf den Gesichtern der Leute, die vorsichtshalber einen Abstand von ungefähr zwei Metern einhielten. Einige hatten eher mitleidige Blicke für mich übrig.

Abgesehen von diesem kleinen Unfall, den ich blauköpfig ausgelöst hatte, gab es keine Vorkommnisse bis Hannover, wenn man die obligatorischen Staus bei Bad Eilsen nicht dazu rechnet. Es war zwei Uhr, als ich auf dem Messegelände ankam und bis ich die Halle und den Stand gefunden hatte, war es fast drei. Überall in den Hallen wurde gebaut, gebohrt, bemalt, geklebt und geschraubt. Telefone klingelten, Leute mit Handys an den Ohren liefen durch die Gänge. Andere schienen Selbstgespräche zu führen, quasselten aber nur in ihre Headset-Mikrofone und gaben Anweisungen oder empfingen sie, je nachdem ob sie Anzugträger waren, mit dem grauen Kittel unterwegs oder ganz leger mit Jeans und T-Shirt auf dem Stand werkelten. Auch auf unserem Stand sah es noch chaotisch aus. Die Wände standen schon, aber man war sich nicht einig, ob die Theke vorne oder hinten aufgebaut werden sollte. Als man sich auf hinten geeinigt hatte, kam jemand auf die Idee, sie rechts anzuordnen, ein anderer fand wiederum links besser. Ein Aufstellungsplan hätte die Sache vereinfacht, andererseits kann man wirklich erst vor Ort endgültig entscheiden. Müller-Bessenich war nicht da und Frau Teufl, Sandra, auch nicht. Die Hauptakteure bestanden lediglich aus den drei Mitarbeitern von Zimmermann, bzw. drei angeheuerte Leute, die wahrscheinlich Bekannte oder Verwandte Zimmermanns waren. Als ich kam, wurde erst mal Pause gemacht, weil sie mich nicht kannten und sie sich insgeheim fragten, ob ich zu irgendeiner Show-Nummer gehöre, die schon einmal proben wollte oder ob ich etwas zu sagen hätte. Nachdem das aber geklärt war, stellten wir die Theke auf die rechte Seite. Eigentlich war es egal, denn so, wie ich Ralf Müller-Bessenich kannte, hatte er eine ganz andere Auffassung von allem und ließ sicher alles wieder umstellen. Als die ersten Plakate hingen, wussten auch die Leute, warum ich so blau war, besser, sie konnten sich denken, dass ich wesentlicher Teil der Marketingstrategie war. Wie die Bläue allerdings zustande kam, war ihnen nicht klar. Ich erzählte ihnen einfach wieder die Geschichte mit der Nebenwirkung und zu meinem Erstaunen hielten sie uns für ziemlich pfiffig, weil wir das sofort in unseren Messeauftritt integriert hatten. Offensichtlich kann man sogar mit solchen Defekten punkten, wenn denn alles einigermaßen plausibel erscheint.

Dann kam Müller-Bessenich, schon wieder mit hochrotem Kopf, und ließ alles nach hinten stellen. Genau so, wie ich es erwartet hatte. Dann war er wieder weg, um den Hallenelektriker zu suchen, der jetzt den Strom-Anschluss verlegen musste. Da ich mir an unserem Stand ziemlich überflüssig vorkam, lief ich durch die Gänge, um zu sehen, was die anderen so machten und mich dabei zu informieren, wie die ihre Kunden anlocken wollten. Natürlich war auf praktisch jedem Stand jemand dabei einen Computer hochzufahren, wild darauf herumzutlppen oder hektisch nach dem Passwort telefonierend, um das spezielle Messeprogramm zu starten. Hier und da konnte man auch den angeblich sehr seltenen, aber trotzdem jedem Anwender bekannten berühmt-berüchtigten Blue Screen bewundern. Ein Zeichen dafür, das der PC bzw. die Festplatte den Transport nicht überstanden hatte. Mir kam der Gedanke, dass blau selten mit etwas Gutem, Schönem oder Positivem verbunden ist. Außer dem blauen Himmel, Blauen Planet und dem blauen Meer gibt es viele negative Blaus, man braucht nur an grün und blau schlagen, blaues Auge, blaues Wunder, Blauer Brief, blau gefroren, blauäugig, Blaustrumpf und blau als Zustand zu denken. Dagegen sind blaues Blut, Blaues Band, Autobahnschilder, Gebot für Reiter und Frau mit Kind und auch die Blaubeeren eher neutral einzustufen. Dramatisch wird es bei Blaulicht von Polizei und Notarzt. Von Blaupunkt hatte ich schon lange nichts mehr gehört. Ob es das Blaue Band noch gab, wusste ich nicht genau, ganz positiv ist es sicher auch nicht, denn immerhin fuhr die Titanic auf einen Eisberg und bekam damals dafür überhaupt kein Band, zumindest kein blaues. Bei dem blauen Strumpfband der Braut kann man sich ja noch gewisse Gedanken machen, beim Blauen Engel der eine oder andere vielleicht auch. Unser aller Heino findet blau blühenden Enzian so schön, dass er ihn immer gern besingt. Für uns Hessen ist der Blaue Bock natürlich das Größte. Blau ist die Farbe der Treue, hoffentlich gilt das nicht für mein Blau und es bleibt mir nicht ewig treu. Ganz versunken in diese Philosophie des Blaus wurde ich durch einen lauten Zuruf hinter mir aufgeschreckt:

»Ey, Blaukopf, geh' mal kurz zur Seite oder vorwärts, sonst seh' ich gleich rot!«

Ein kleiner Gabelstapler mit Kisten fuhr langsam hinter mir her, weil er mich in dem schmalen Gang nicht überholen konnte. Der Fahrer gestikulierte wild herum und schimpfte laut vor sich hin. Er hatte wohl Spaß an der Farbigkeit seines Satzes und fügte hinzu:

»Grüner wird es nicht, Blaumann!« Ich machte ihm Platz und passte dann besser auf, damit ich heil durch dieses Tohuwabohu kam.

Bevor die Messe eröffnet, sieht alles ziemlich wackelig und provisorisch aus. Überall kann man ungehindert hinter die Kulissen schauen und bemerkt das Chaos, das zwar auch nachher noch herrscht, nur dass alles hinter schönen Fassaden verschwindet. Jedes Unternehmen versucht sich in das beste Licht zu rücken und der potenzielle Kunde macht da auch gerne mit. Eigentlich wird für die Zeit der Ausstellung eine Scheinwelt aufgebaut, die es in Wirklichkeit überhaupt nicht gibt. Auf der Messe geht buchstäblich alles und zwar exakt so lange, bis der Kunde bestellt hat und wieder zu Hause ist, dann fangen die Probleme an.

Zurück an unserem Stand, konnte ich den Fortschritt schon erkennen. Müller-Bessenich hatte offensichtlich alles im Griff. Wir besprachen noch kurz, wann wir uns am nächsten Tag zur Eröffnung der Messe treffen wollten, dann verließ ich die kleine Truppe und machte mich auf den Weg nach Laatzen, um mich in der Pension, die mir meine lieben Kollegen ausgesucht hatten, oder anders ausgedrückt, die als letzte Möglichkeit noch frei war, für die Messenächte häuslich einzurichten.

Das Haus war nicht weit vom Messebahnhof entfernt und die Hallen waren noch zu sehen. Es war eines von fünf ca. 40 Jahre alten Doppelhäusern in einer stillen Straße. Kleine Gärten mit Jägerzäunen, Gartenzwergen und Zierbrunnen aus dem Baumarkt trennten sie von dem Bürgersteig. Ich fand die richtige Nummer und klingelte. Nach einiger Zeit hörte ich Schritte, das Geräusch, wenn ein Schlüssel in einem Schlüsselbund gesucht wird und dann ging auch bald die Tür auf. Eine gefühlt 90-jährige Frau, die aber vielleicht erst 65 Jahre alt war, bat mich herein. Sie hatte eine graue Kittelschürze an, die mit dunkelgrauen Blumen bedruckt war. So ein Ding hatte ich zuletzt bei meiner Oma gesehen. Entweder hatte Frau Winter, so hieß meine Zimmerwirtin, sie von ihrer Mutter geerbt oder sie gehörte zu ihrer Brautaussteuer.

Nachdem sie aufwendig geklärt hatte, dass ich der Richtige war, es fehlte eigentlich nur noch, dass sie meine Geburtsurkunde verlangt hätte, machte sie das Licht im Treppenhaus an und ging vor mir die Treppe hinauf in den ersten Stock. Vor einem der Zimmer in dem kleinen Gang blieb sie stehen und sagte:

»In diesem Jahr vermiete ich zum ersten Mal an Messegäste. Es ist das ehemalige Zimmer meines Sohnes. Ich habe die Heizung angestellt, denn so warm ist es ja doch noch nicht. Handtücher liegen auf dem Bett, die Toilette und das Bad finden sie hier gegenüber. Außer ihnen wohnt niemand hier oben.«

Mittlerweile waren wir eingetreten und sie hatte das Licht eingeschaltet. Als sie mich ansah, bemerkte sie wohl erstmals meinen ungewöhnlichen Teint. Außer den schreckhaft aufgerissenen Augen ließ sie sich weiter nichts anmerken und sagte auch nichts. Ganz die zukünftige kundenorientierte Vermieterin. Sie verschwand dann ziemlich schnell durch die Tür und sagte im Hinausgehen noch:

»Wenn sie noch was brauchen, ich bin unten. Der Hausschlüssel liegt auf dem Tisch.«

Ich sah mich um und fühlte mich um einige Jahrzehnte zurückgebeamt. Wahrscheinlich war der Knabe seit zwanzig Jahren ausgezogen und an der Zimmereinrichtung war seit dieser Zeit nichts mehr verändert worden. Immerhin war es peinlich sauber. Ich konnte kein Staubkorn entdecken, sogar der Globus auf dem Schrank war klinisch rein. Zum Schlafen konnte man es nutzen, aber ich wusste schon, dass ich immer ziemlich spät hier eintrudeln würde. Nachdem ich meinen Koffer ausgeräumt und das Bad inspiziert hatte, machte ich mich auf den Weg, um in diesem Viertel noch eine Kneipe zu finden, in der man auch noch etwas zum Essen kriegen konnte.

Zum Glück war am Ende der Straße eine Vorstadtkneipe, die sich trotz wachsender Raucherverfolgung und allgemeinem Kneipengängerschwund noch gehalten hatte. Tatsächlich saßen im "Weißen Ross" auch noch zwei ältere Herren an der Theke und schwiegen sich an, wahrscheinlich Rentner. Die Wirtin war auch erst verdutzt, als sie mich sah, ließ sich aber als versierte Messeanwohnerin nichts anmerken und war trotz später Stunde bereit mir, es war mittlerweile kurz nach neun Uhr, noch Bratkartoffel und Spiegelei zu machen.

Nachdem ich mein Pils halb ausgetrunken hatte, sagte mein Nebenmann doch tatsächlich zu seinem Kumpel:

»Der hat's gut. Kommt hier rein, hat noch keinen Cent ausgegeben und ist schon blau.«

Soviel Humor hätte ich den Niedersachsen nicht zugetraut. Aber das Eis war gebrochen. Nach diesem ersten und den folgenden Abenden in der Kneipe hatten wir uns dann richtig angefreundet, soweit man das bei solchen Kneipenbekanntschaften so bezeichnen konnte. Wir haben zusammen gewürfelt, gequatscht und auch so manches Pils und manches Körnchen vernichtet. Auf meine ungewöhnliche Hautfarbe kamen sie nie wieder zurück. Irgendwie wirkte blau einfach nur exotisch, aber niemand kam auf die Idee mich in die Schublade zu stecken, die oft zur Fremdenfeindlichkeit führte. Es gab Schwarze, Dunkle, Rote und Gelbe, aber Blaue waren einfach nicht vorgesehen und wurden anscheinend deshalb auch nicht wahrgenommen. Anders konnte ich es mir nicht erklären.

Nachdem ich an diesem ersten Abend gegessen und drei weitere Pils geschluckt hatte, verabschiedete ich mich von Hubert und Hubert, kein Witz, und legte mich in dem Zimmer des Sohnes meiner Pensionswirtin ins Bett, schlief ein und erwachte am nächsten Morgen vom penetranten Geklingel meines Weckers. Die Messe hatte nun erst richtig für mich begonnen.

6

Ohne richtiges Frühstück kam ich um kurz nach neun auf unseren Stand. Müller-Bessenich und Sandra Teufl waren schon da. Sie hatten auch ihre hübsche Auszubildende, kurz ihre Azubine, Amely Soundso, mitgebracht. Sie sollte wohl dem Stand einen gewissen weiblichen Reiz verleihen. Die anderen Aussteller machten das ja auch so. Eine Azubine mitzubringen war aber um einiges günstiger, als eine entsprechende Messe-hostess anzuheuern. Typisch Müller-Bessenich. Die Mitarbeiter der Prozessleittechnik waren noch dabei, ihren Messebeitrag zu installieren. Gegen andere Vorschläge, wie z. B. Luftballons aufblasen mit SPS[2] oder eine SPS-gesteuerte Orgel, bei der die Pfeifen aus unterschiedlich mit Wasser gefüllten Flaschen be-standen, die mittels Schläuchen und Magnetventilen mit Luft angeblasen wurden, hatte sich die Idee von Michael Penneler durchgesetzt. Er hatte sich seit Jahren eine umfangreiche Wit-zesammlung angelegt, folgerichtig für seine Manie, alle Icons auf dem Bildschirm seines PCs mit skurrilen Namen zu verse-hen, hieß die Datei doppelsinnig Lachkrampf. Mittels Touch-screen wurden auf dem Bildschirm an einem simulierten UND-/ODER-Steuerungsbaustein Stichwörter eingegeben und dann genau die Witze angezeigt, die diese Wörter enthielten. Wie immer, bei der Generalprobe hatte alles geklappt, jetzt verwei-gerte sich der Bildschirm und die virtuelle Tastatur wollte nicht erscheinen. Michael und sein Chef, Dr. Günter Redlich, waren

---

[2] SPS = Speicherprogrammierte Steuerung

ganz in den Tiefen des Computers und seines Programms versunken und hatten weder Ohr noch Auge für anderes. Die Lösung des Problems ging vor. Ich machte mich deshalb gleich auf die Suche nach einem belegten Brötchen in einem der sündhaft teuren Kioske, die in allen Hallen installiert waren.

Kein Mensch interessierte sich für mich. An Messetagen lief sowieso immer abenteuerlich angezogenes Standpersonal herum, da fiel ein blauer Knabe nicht sonderlich auf. Jeder dachte vermutlich, wieder so eine verrückte Marketingidee, die es auf die Messe geschafft hat. Als ich zurückkam, sah ich schon die ersten Damen von den Nachbarständen, die sich bei uns mit Wasser für ihre Kaffeemaschinen versorgten. Bevor die Besucher einliefen, wurde von allen Besatzungen schon einmal die unmittelbare Umgebung erkundet, einmal um den Wettbewerb zu sichten und zweitens um Vorteile für sich zu ergattern. Wer hatte Obst, wo gab es etwas zu essen und trinken, wer hat Wasser, wo gibt es abends eine Standparty? Alles Informationen, die einem die Messetage erträglicher machten. Von der Außenwelt war man praktisch abgeschnitten. Kam man doch einmal nach draußen an die Luft, war man immer ganz erstaunt, dass die Sonne scheint oder es doch tatsächlich regnet. Das Witzeprogramm schien jetzt zu laufen. Mittlerweile war auch der IT-Leiter Alex Herald eingetrudelt und ließ beim Anblick des Kollegen am PC wieder seinen "Nur Mut!"-Spruch los, der meist ziemlich unpassend war, was ihm aber nie aufzufallen schien. Ich ließ mir von Michael die Funktion noch einmal zeigen und gab dazu bei UND Blondine und Porsche ein und bei

ODER Klavier. Ohne nennenswerte Verzögerung erschien die Textzeile:

"Die Suche in der "Service 2000 ● - Datenbank" ergab 2 Treffer."

und darauf folgte sogar noch eine Sprachausgabe mit dem gleichen Text. Michael hatte die Azubine Amely dazu gebracht, einige Textbausteine auch noch zu vertonen. Die beiden Witze lauteten:

- Zwei Blondinen stehen vor ihrem Porsche-Cabrio und steigen mit vollen Einkaufstüten ein. Sagt die eine: »Beeil dich, es regnet gleich. Wir haben das Verdeck nicht geschlossen!« Sagt die andere: »Macht doch nichts. Ich habe einen Schirm dabei.« -

- Ein Mann besucht das neu gebaute Haus eines Bekannten und staunt über das große Musikzimmer, in dem nur ein Klavier steht. Er sagt: «Tolles Zimmer, aber hier passt doch ein großer Flügel rein.« »Stimmt«, antwortet der Hausherr, »ich wollte ja auch einen, aber es gibt nur Musikstücke für Klavier und auch nur Klavierlehrer.« -

Sehr witzig waren die ja gerade nicht, aber funktioniert hatte es.

»Das sind die einzigen stubenreinen Witze, die drin sind«, grinste Penneler.

»Hoffentlich ist das nicht dein Ernst, Michael. Obwohl ich mir vorstellen kann, dass es stimmt, denn deinen Sinn für abenteuerliche Ideen kenne ich ja.«

Da die Halle etwas abgelegen war und nicht die tollsten Renner hier versammelt waren, kam erst einmal überhaupt kein potenzieller Kunde. Fast alle Besucher waren die Belegschaftsmitglieder der Nachbarstände. Jetzt war ich schon eine Attraktion, als sich so langsam herumsprach, dass ich kein blaues Makeup hatte, sondern waschecht blau war. Durch die Poster, auf denen ich praktisch auf jedem abgebildet war, vorbereitet, glaubten sie erst einmal an einen Gag, aber dann waren sie doch erstaunt. Man probierte es auf die Kumpeltour und versuchte mich anzufassen, erst wie unabsichtlich, manche, meist die etwas vorwitzigere Damenwelt, strichen mir auch über die Wangen. Die attraktive Studentin vom Nachbarstand aus Friedberg ging gleich ganz cool an die Sache heran, umarmte mich und gab mir einen Kuss. Sie wollte der Sache genau auf den Grund gehen und das volle Testprogramm durchziehen. Sie wäre eben so geartet und deshalb wahrscheinlich auch Maschinenbau-Studentin auf der dortigen Fachhochschule. Das klang für mich nicht ganz schlüssig, wahrscheinlich hat sie von ihren Kollegen 50 Euro dafür kassiert. Ich fand es ganz angenehm. Ich konnte mir gut vorstellen, wie sich ihre Anwesenheit bei den Vorlesungen auf die Leistung ihrer männlichen Kommilitonen auswirkte. Alle Besucher interessierten sich auch für die Ursache, denn dass ich so geboren wurde, konnte keiner glauben. Da es anscheinend immer sehr glaubwürdig ist, wenn man als Erklärung eine Mischung aus Fakten abgibt, die bekannt sind und solchen, die nicht so schnell zu überprüfen sind, aber relativ wahrscheinlich erscheinen, benutzte ich die Nebenwirkungsvariante. Da wir von einem Pharmakonzern abstammten, verbesserte ich die Story dadurch, dass ich von einem Mittel gegen Alzheimer sprach, das gerade entwickelt wurde und in einer fortgeschrittenen Erprobungsphase ist. Ich sei als Proband für dieses Mittel tätig und bei mir hätte sich diese, allerdings extrem seltene Nebenwirkung gezeigt. Sonst hätte ich keine Beschwerden. Allerdings könne ich mich überhaupt nicht als blau gefärbt erkennen, wenigstens nicht im Spiegel, nur auf einer Abbildung. Dadurch hatte ich sofort einen schönen Mitleidsbonus, allerdings waren sie auch etwas darüber geschockt, dass bei einem Test so etwas überhaupt passieren konnte. Alle wünschten mir natürlich auch einen baldigen Rückgang der Färbung. Ich fügte dann als Gag immer hinzu, dass ich zwar blau geworden bin, dafür aber kein Alzheimer kriege. Insgesamt fanden sie aber die Idee, es so für die Messe-Kampagne zu nutzen, ziemlich clever. Dass ich mich nicht selbst so sehen könnte, glaubten sie nicht. Es war ja auch schwer zu begreifen, wie das zustande kommen sollte.

Die Azubine hatte sich bis dahin ziemlich still und unauffällig im Hintergrund gehalten, sich dann aber doch zu Wort gemeldet und zu bedenken gegeben, ich sollte mich doch auch, sozusagen als der zufriedene Superkunde, der ja blaumacht, während unser Unternehmen, die "Service 2000 ●", seine Firma in den grünen Bereich bringt, deutlicher zu erkennen geben. Müller-Bessenich, der immer ein Problem mit intelligenteren weiblichen Mitarbeitern hat, musste das anerkennen und verfügte gleich die Anfertigung eines entsprechenden Schildchens, das ich mir anklemmen musste. Damit waren Broschüren, Poster und Personal, also ich und die restliche Standbesatzung, marketingmäßig widerspruchsfrei ausgerichtet. Besucher drangen immer noch nicht bis zu uns durch, dafür versorgten sich aber die Vertriebsmenschen der anderen Stände mit einem schönen Vorrat an Witzen. Immerhin hatte ich noch keinen Einzigen gesehen, der nicht messekompatibel war. Michael hatte sich bei der Auswahl also doch sehr zurückgehalten oder aber die Stichwörter waren zu harmlos. Die Kollegen aus unseren anderen Service Einheiten, die laut Standbesetzungsplan am ersten Tag anwesend sein sollten, waren verkehrsbedingt zwar verspätet, aber, in Anbetracht des immer noch nicht einsetzenden Kundenansturms, doch noch rechtzeitig eingetroffen.

Nach der Mittagspause, die wir uns verordnet hatten, in der sich bei munterem Geplauder über Interna wieder neue Netzwerke innerhalb der Firma bildeten, kam die Besucherwelle auch zu uns. Man konnte jetzt schon deutlich merken, ein großer Anteil der Interessierten war wegen mir gekommen. Es hatte sich anscheinend schnell im gesamten Messegelände verbreitet, dass es bei uns eine richtige Rarität zu bewundern gab. Die Mappe mit den Kundenkontakt-Vordrucken schwoll ziemlich an und Amely hatte wirklich viel zu tun, sie alle ordnungsgemäß zu verarbeiten. Ich war sogar als "Blaumann" in das Messe-Informationssystem aufgenommen worden. Der penible Dr. Redlich hatte es am nächsten Tag extra überprüft. Es stimmte. Unser Konzept war aufgegangen. Wir hatten einen Knüller und das freute Müller-Bessenich und unsere Geschäftsleitung. Mein Anteil daran wurde dabei nicht mehr besonders wahrgenommen. Am Nachmittag erreichte mich ein Anruf unserer Werksärztin. Der Befund aus dem Labor erbrachte, außer einem sehr hohen Anteil von blauen Pigmentanteilen, kein besorgniserregendes Ergebnis. Während bei normaler Haut dieser Wert unter 0,1 lag, erreichte er bei mir eine Größenordnung, die die Skala sprengte und deshalb mit 100 angegeben war. Damit konnte ich nicht viel anfangen, da ich immer noch nicht wusste, ob mit negativen Folgen zu rechnen war und wann ich, wenn überhaupt, wieder einen normalen Zustand annehmen würde. Anscheinend war dieser Effekt noch nie vorgekommen und deshalb auch wissenschaftlich nicht erforscht. Mir konnte es aber nicht die Laune verderben und wir alle fühlten uns als die Gewinner. Irgendwann war dann auch der Messetag vorüber und wir verliefen uns dann schnell in die verschiedenen Richtungen. Einige nach Hause, manche auf Standpartys und die anderen in ihre Quartiere in Hannover und Umgebung und ich in meine Pension in Laatzen.

Der nächste Tag fing direkt mit einem Knaller an. Ein Fernsehteam kündigte seinen Besuch für den Nachmittag an. Alles wuselte daraufhin über den Stand, um ihn fernsehtauglich zu machen, obwohl noch einige Stunden Zeit war. Über die Kaffeeholer verbreitete sich die Nachricht auch auf die umliegenden Stände. Alle hofften darauf, ebenfalls ins Bild zu kommen. Keiner wusste allerdings, wo dieser Beitrag gesendet werden sollte. Die Studentin am Nebenstand war jedenfalls auffällig auffallend im Vordergrund des Standes tätig. Sie hatten dort demnach auch schon einmal etwas von Alleinstellungsmerkmal gehört. Der Besucheransturm hielt sich in Grenzen und alles wartete auf den großen Augenblick. Als hätte er es gerochen, erschien ganz ungeplant Tobias Klotzig, der Abteilungsleiter der technischen Servicegruppen. Immer, wenn eine Kamera in der Nähe war, war er im Bild. Unser eigentlicher Pressesprecher begleitete den Ministerpräsidenten auf einer Reise nach China und angrenzende Staaten und war nicht greifbar. Klotzig war es aber und ergriff die Chance. Das Fernsehteam erschien und ging routiniert vor. Scheinwerfer in Position, Mikrofonträger und Techniker kümmerten sich um ihre Geräte und die Moderatorin nahm sich Klotzig vor. Er sprach routiniert über die Entstehung, die Größe und Leistungsfähigkeit und die Ziele und Visionen unseres Unternehmens, als hätte er nie etwas anderes getan. Das konnte er. Ausgiebig wurde auch über das ausgefallene Marketingkonzept gesprochen und ich war auch im Bild. Allerdings mussten die Aufnahmen mit mir wiederholt werden, weil die Normaleinstellung der Belichtung für Großaufnahmen meines Kopfes nicht optimal abgestimmt war. Irgendwann war alles perfekt und so kam es auch tatsächlich abends in der Regionalschau auf den Schirm. Mit ungeahnten Folgen. In den Folgetagen kam Service in meinen "Kundengesprächen" kaum noch vor. Zeitungen wollten Interviews. Man wollte alles über das neue Alzheimermittel erfahren. Etliche Fernsehsender zeigten Berichte. Selbst Klotzig war es zu viel geworden und er verschwand am zweiten Tag genauso plötzlich wieder, wie er gekommen war. Wir hatten alle Hände voll zu tun, um dem Ansturm Herr zu werden.

In den Pausen stockte ich in unserer Datenbank meinen Witzvorrat auf. Herald rief mir wieder sein unnötiges "Nur Mut!" zu, ein Witz über Blaumann fand ich aber trotzdem nicht. Offenbar gab es noch keinen guten, der in den Datenbestand übernommen wurde. Eigentlich hatte ich direkt einen anzubieten. Beim Bustransfer auf dem Messegelände vom Eingangstor zu unserer Halle saß eine Mutter mit einem ca. fünfjährigen Jungen hinter mir und ich konnte mithören, was sie so redeten. Was der Junge auf dieser Messe wollte, war mir allerdings rätselhaft. Er fragte seine Mutter:

»Du hast doch gesagt, da wo die Pinguine leben, ist es eiskalt?«

»Ja, Finn, die leben in der Antarktis und da ist es viele Grade unter null, also starker Frost und immer Eis.«

»Dann kommt der Mann vor uns wohl aus der Anaktis?«

»Wie kommst du denn darauf? Und rede bitte nicht so laut. Außerdem heißt es An-t-arktis«

»Ja, weil der so blau gefroren ist.«

Sie sagte nichts, was sollte sie auch sagen. Das konnte man einem Kind auch nicht schlüssig erklären. Immerhin äußerte sie auch keine abwegigen Ursachen, wie z. B. der hat bestimmt vergiftete Blaupilze gegessen oder es ist einer von der Blue Man Group.

Also ich war damit beschäftigt Witze zu suchen, als mir jemand auf die Schulter tippte. Ich drehte mich um und war überrascht meinen Bruder vor mir zu sehen. Er sagte, ohne sehr erstaunt zu wirken, in seiner druckreifen Art:

»Guten Tag Frank. Man hat mir schon mitgeteilt, dass du hier als blauer Kunde auftrittst. Allerdings finde ich es bemerkenswert, wie echt diese Maskerade wirkt.«

»Hallo Rainer. Wie kommst Du denn auf diese Messe? Das ist doch gar nicht dein Gebiet. Komm lass' uns irgendwo hinsetzen und einen Kaffee trinken.«

»Die Einladung nehme ich gern an. Aber in einer halben Stunde muss ich einen Termin in Halle 10 wahrnehmen.«

»Okay, das schaffst du auch.«

Wir setzten uns und bestellten bei Amely zwei Kaffee.

»Also wirklich. Deine Haut schien mir tatsächlich blau zu sein.«

»Rainer, du wirst es nicht glauben, aber es ist alles echt. Echter geht es gar nicht. Das ist aber eine ganz andere Geschichte. Was interessiert dich denn hier?«

»Ich wurde von meiner Filialleitung beauftragt, mich hier nach neuen Zugangssystemen umzusehen. Wir planen unsere Bankgeschäftsstellen im Umland ohne Personal zu betreiben und suchen entsprechendes Equipment.«

Er war Abteilungsleiter in einer Bank in Hürth im Rheinland. Auf ihn passte noch die Berufsbezeichnung Bankbeamter. Immer korrekt gekleidet, Anzug, Weste, natürlich mit Krawatte in der vorgeschriebenen Länge, Scheitel und perfekt rasiert. Wenn er sprach, schien es mir immer so, als ob er aus einer Textbausteinsammlung zitierte. Nebenbei oder hauptsächlich, das weiß ich nicht, war er Ortsgruppenleiter einer Partei. Nie vergaß er die politisch korrekte Form der Anrede bei Versammlungen. Immer wurden die lieben Freundinnen und Freunde, die Kolleginnen und Kollegen oder die Genossinnen und Genossen angesprochen. Ich wartete immer auf die Bekanntinnen und Bekannte oder die Ohne- und Mitglieder. Für mich hieß er intern nur "Gau-Leiter", weil ich mir darunter so Leute wie ihn vorstellte. Parteigenosse vom Scheitel bis zur Sohle. Seit seine Partei auch für den Atom-Ausstieg war, hieß er bei mir nur noch "Super-GAU-Leiter". Laut sagte ich das natürlich nicht, denn ich wollte das ohnehin nicht so gute Verhältnis zu meinem Bruder nicht noch zusätzlich belasten.

»Ah, verstehe. Leider haben wir in diesem Bereich nichts anzubieten.«

»Eins beschäftigt mich jetzt aber ohne Unterlass, was hast Du gemacht, dass du diese ungewöhnliche Hautverfärbung erleiden musstest?«

»Wirklich, Rainer, das hier zu erzählen führt zu weit. Ich rufe euch nach der Messe an und dann können wir uns ausführlich darüber unterhalten. Vielleicht ist es bis dahin aber auch schon weg und ich bin wieder normal.«

»Ich denke, du machst Scherze. Ich glaube dir kein Wort.«

»Okay, ich kann damit leben. Schönen Gruß an Elke. Ich hoffe, es ist alles okay und sie hat mittlerweile auch den Unfall neulich verkraftet.«

»Ich werde es gerne ausrichten. Sie hatte eine gewisse Scheu sich wieder hinter das Steuer zu setzen. Aber jetzt geht es. Sie muss ja auch täglich zu ihrer Arbeitsstelle kommen und die Kinder in den Kindergarten befördern.«

»Und wie geht es sonst so zu bei euch in Hürth?«

»Alles im grünen Bereich, um einmal an eure Marketing-Kampagne anzuknüpfen. Dabei fällt mir ein: In Hürth will man einen überdimensionalen roten Pfeil, als eine Art neue Landmarke aufstellen. Bei uns sind ja viele weithin sichtbare Bauwerke weggefallen, man denke nur an die Schlote von Rheinbraun und die der Chemie in Knapsack. Unsere Bank will sich daran beteiligen, aber andere Sponsoren werden noch gesucht.«

»Ist ja interessant und ich dachte immer, bei euch ist doch tote Hose.«

»Wir tun alles, damit unsere Region im Rheinland einen Spitzenplatz einnimmt. Nur ein Beispiel: In unserem Ortsverein wurde jetzt gerade....«

»Oh, Rainer, ich gucke gerade auf die Uhr, ich glaube du musst dich beeilen. Du hast doch einen Termin!«

»Vielen Dank, dass Du mich daran erinnert hast. Wir können ja vielleicht später noch einmal darauf zurückkommen und diese Dinge genauer erörtern.«

»Okay. Mach's gut, und einen schönen Gruß daheim!«

Dann verabschiedete er sich wieder formvollendet von mir, dankte Amely brav für den Kaffee und machte sich auf den Weg, korrekt mit Aktentasche und zugeknöpftem Jackett, um seinen Termin in Halle 10 pünktlich wahrzunehmen. Ja, so ist er, der Herr Rainer Blumen, mein Bruder. Immer höflich, immer verbindlich, nie übertriebene Gefühlsregungen zeigen. Selbst wenn sein einziger Bruder über Nacht blau geworden ist, nur ja keine Miene verziehen. Wie hält meine Schwägerin das nur aus? Sie ist eine tolle Frau, gut aussehend, immer guter Laune, intelligent und natürlich. Ihre zwei Kinder, Haushalt und Beruf organisiert sie mit Links. Sie, und ihre drei Kollegen sorgen für die wirtschaftliche Weiterentwicklung des Industriestandortes Hürth. Ich verstehe einfach nicht, was sie an Rainer findet, außer, dass sie so von ihrem ganz schön bescheuerten Namen Moorhun erlöst wurde. Komischerweise hatte mein Bruder immer tolle Frauen. Im Gegensatz zu mir. Noch nicht einmal an seine abgelegten kam ich ran.

Nach diesem familiären Intermezzo genehmigte ich mir zusammen mit Sandra Teufl einen Drink, der eigentlich für die VIP-Kunden gedacht war. Wir leerten jeder einen Piccolo Sekt, quasselten ein bisschen über dies und jenes, Sandra zog sich die Schuhe aus und ließ die Füße etwas abdampfen und dann gingen wir wieder erholt und beschwingt auf Kundenfang.

An diesem Abend waren wir in der Tagesschau. Unser Stand, unsere Firma und natürlich ich, der Blaumann. Die beiden Huberts hatten es auch gesehen und erstmalig sprachen sie mich auf meine Verfärbung an. Aber nicht, weil ich jetzt quasi eine Berühmtheit war, sondern weil sie Angst vor den Nebenwirkungen des Medikaments hatten, von dem es herrühren sollte. In den Nachrichten hatten sie nur sehr vage von Nebenwirkungen gesprochen, aber verschiedene Berichte waren schon etwas tiefer in die Geschichte eingestiegen und hatten das Alzheimermedikament als Ursache genannt. Die Huberts wollten es jetzt genau wissen, damit sie im Falle eines Falles, sie waren schon über 70, nicht ausgerechnet dieses

Mittel nehmen mussten. Ich versuchte ihnen zu erklären, dass das alles, was da veröffentlicht wurde, nicht ganz der Wahrheit entsprach. Sie wollten aber davon nichts wissen oder hielten das jetzt erst recht für Ausflüchte, von der Pharmaindustrie gesteuert. Ich drang bei ihnen nicht durch und gab auf.

Der nächste Morgen fing gleich mit noch mehr Trubel auf unserem Stand an. Die Redakteurin Drei-M, wie wir sie wegen ihres Namens Marianne Mülens-Minter kurzgefasst nannten, war, durch die Nachrichten aufgeschreckt, angereist. Sie wollte für die Werkszeitschrift "PUNKTgenau" von unseren Messetätigkeiten ganz aktuell berichten. Auf die Bilder durfte ich nicht. Falls doch, würde ich gnadenlos wegretuschiert. Das sei ihr von der Geschäftsleitung ausdrücklich erklärt worden. Sie sprach von einer ernsten Sache, die sich im Moment zu Hause in der Firma zusammenbraute. Genaueres könnte sie nicht sagen, aber gleich am Montag hätte ich und Kienzle einen Termin bei Herrn Dr. Ulf Seeler, unserem Geschäftsführer. Müller-Bessenich wusste nichts davon, wahrscheinlich war es schon bis zur Geschäftsleitung gedrungen, dass man Müller besser nich auf dem Laufenden hielt, wenn es wirklich brisant war. Drei-M stellte die ganze Redaktion dar. Deshalb interviewte sie das Standpersonal und die potenziellen Kunden auch eigenhändig und notierte eifrig ihre Eindrücke. Die Bilder schoss sie auch gleich. Dabei wich sie mir beharrlich aus. Ich fragte mich, ob sie Angst vor einer Ansteckung hatte oder ob ich mittlerweile zu einer Art Unperson geworden war, mit der man besser nicht in Verbindung gebracht werden will. Darüber reden durfte, wollte oder konnte sie nicht. Warum, wusste ich deshalb auch nicht. Während dieser Zeit schlich ein Herr auf unserem Stand herum, redete mit Dr. Redlich, mit Müller-Bessenich und Sandra. Offensichtlich war er nicht an unseren Produkten interessiert, sondern nur an unserem Messeauftritt, wo wir herkamen und wer unsere Broschüren gestaltet hatte. Nach ungefähr einer halben Stunde war anscheinend seine Erkundung beendet und er kam direkt auf mich zu, stellte sich als Uwe Christ aus Ludwigshafen vor und gab an, Unternehmensberater zu sein. Er fragte, ob ich er mich in eines der Messerestaurants zum Essen einladen dürfte. Langer als eine Stunde wollte er mich nicht von meinen Kollegen fernhalten. Da ich sowieso gerade wirklich Hunger auf etwas Richtiges hatte, Drei-M mich schnitt und es ziemlich ruhig war, sagte ich zu, gab Müller-Bessenich Bescheid und wir machten uns auf den Weg. Ich fragte mich, was er von mir wollte und warum er so geheimnisvoll tat. Die Messe war ja nicht nur eine Ausstellung für Technik und Industrie, sondern auch ein Markt und Tummelplatz für viele Stellungs- und Fachkräftesuchende, Sponsoren, Headhunter und Industriespionage betreibende Dunkelmänner. Zu welcher Kategorie Herr Christ gehörte, konnte ich noch nicht ausmachen. Er sah eher wie ein normaler Arbeitnehmer aus, der seinen Blaumann gegen die Zivilkleidung getauscht hatte. Nicht sehr groß, dichtes Haar, kantiges Gesicht, kräftige Statur und sprach mit leichtem Pfälzer Dialekt. Ich war gespannt. Wir setzten uns in einem der Restaurants in eine Ecke, wo Christ einen Vierertisch reserviert hatte. So saßen wir etwas von den anderen Gästen entfernt an einem Fenster, aus dem man in die Halle sehen konnte.

»Was möchten sie denn gerne trinken, Herr Blumen. Suchen sie sich in aller Ruhe etwas aus. Die Karte ist hier ja ganz ordentlich. Sie sind mein Gast.«

»Vielen Dank. Also ich trinke ein Pils und nehme dann das Geschnetzelte und Tomatensalat.« Die Karte war tatsächlich sehr reichhaltig, aber das meiste nicht nach meinem Geschmack.

»Sie fragen sich sicher, was das alles soll. Ich will hier gleich alle Karten auf den Tisch legen und sie nicht länger auf die Folter spannen.«

»Dann legen sie mal los, Herr Christ!«

Die Bedienung kam, nahm unsere Wünsche auf und ging wieder. Herr Christ trank Wasser und bestellte nur einen italienischen Salat für sich.

»Es sind keine Geheimnisse, die ich mit ihnen besprechen will, aber ich möchte sie trotzdem bitten, erst einmal Stillschweigen zu bewahren. Sie werden gleich verstehen warum. Ich spreche hier für die Bewegung "Blaue Welle" in Gründung. Also die BW.«

»Blaue Welle? Eine Partei? Ist ihnen das gerade ganz spontan eingefallen, als sie mich gesehen haben?«

»Nein, natürlich nicht. Aber sie könnten unser Mann sein. Ich will nicht sagen unser Maskottchen, aber unser fleischgewordener Mustermann, unser lebendes und echtes Vorzeige-

Mitglied. Kein eingefärbter Mensch, sondern ein Mensch aus Fleisch und Blut, blauem Blut, sozusagen. Kleiner Scherz.«

»Sie überraschen mich jetzt aber wirklich, einmal mit ihrer Idee, mich als ihre Galionsfigur vorzusehen und andererseits mit ihrer blauen Wellenbewegung.«

»Das kann ich nachvollziehen. Lassen sie mich kurz die Idee vorstellen. Welche Ziele wir verfolgen. Sie können sich dann selbst ein Bild davon machen. Darf ich fragen, ob sie zu einer bestimmten Partei ein besonderes Verhältnis haben?«

»Also, ehrlich gesagt, bin ich parteimäßig völlig abstinent. Seit Jahren wähle ich schon nicht mehr, weil ich einfach zu keiner der etablierten Parteien Vertrauen habe. Keine kann die heutigen und besonders die zukünftigen Probleme, die wir sicher kriegen werden, lösen. Davon bin ich überzeugt.«

»Das ist genau unser Ansatz. Wir wollen endlich die Welle sein, die den Mann auf der Straße, in der Produktion, auf dem Feld und im Handwerk, also in einem Wort, den sprichwörtlichen kleinen Mann hier in diesem unseren Lande trägt und nach oben spült. Sozusagen. Rot, schwarz, gelb, grün gibt es schon. Braun wollen wir nicht sein, rosa und lila auch nicht. Orange sind schon die Holländer. Also blau.«

»Okay, soweit kann ich ihnen folgen. Und wie stellen sie sich das vor? Was unterscheidet sie von den anderen? Was machen sie denn so viel besser als alle etablierten Parteien und die kleinen lokalen Gruppierungen, die es ja überall gibt und die bundesweit auch nicht richtig vorankommen?«

»Unser Programm ist derzeit in Arbeit und ich kann ihnen sagen, dass die besten Köpfe daran arbeiten. Wir sind zwar eine politische Bewegung, aber wir finden, dass die reinen Politiker der ganzen Sache, die todsicher – sorry - auf uns zukommt, nicht gewachsen sind. Wir setzen mehr auf den Volkswillen und auf Wissenschaftler, die ausgewiesene Fachleute sind, die ihn durchsetzen. Wir bauen auf Konzernlenker, die ihre Fähigkeiten bereits in der Praxis gezeigt haben, die in einem Alter sind, dass es ihnen auf Macht und zusätzlichen Reichtum nicht mehr ankommt. Die einfach das Know-how haben eine großes Unternehmen zu führen und voran zu bringen, die einen hohen Anspruch an Moral und Ethik haben und ihn auch für sich anwenden. Ein Staat ist ein Unternehmen, genau so komplex, genau so fein strukturiert und genau so anfällig für Fehlentscheidungen. Der Erfolg wird jedoch nicht monetär bewertet, sondern in Zufriedenheit und Wohlstand der Bürger. Es gibt viele Stellschrauben, die, ungenau bedient, das ganze System zusammenbrechen lassen können und zwar sehr schnell. Andererseits gilt es Dinge heute zu entscheiden, und zwar richtig zu entscheiden, die sich erst in Jahren und Jahrzehnten auswirken und auszahlen. Es wird eine schwierige Phase, die Leute so weit zu bringen, aber wir hoffen, dass es gelingt. Wir glauben, der normale Mensch sieht klarer, was wirklich zu tun ist, als die heutigen Politiker annehmen. Die glauben doch, sie hätten die Weisheit für sich gepachtet, dabei denken sie in erster Linie nur an sich selbst und decken darüber das Mäntelchen der Partei, sei es rot, schwarz, gelb oder grün, von braun gar nicht zu reden.«

Mittlerweile war unser Essen gekommen und wir hatten gleich angefangen. Ich war ganz gefangen von der glühenden Rede meines Gastgebers.

»Wow! Da haben sie sich ja was vorgenommen. Meine Herren!«

»Wir wollen an alles ran. Alles, was jetzt nur durch Flickschusterei, Kompromisse und Lobbyismus mehr schlecht als recht in Gang gehalten wird. Der normale Mensch auf der Straße hat doch längst aufgegeben, hinter die ganzen Dinge zu kommen. Der wählt doch immer das kleinere Übel und hat immer starke Bedenken dabei. Übel bleibt es aber in jedem Fall, so oder so.«

»Sagen sie einmal ein paar Namen, damit ich mir ein Bild machen kann.«

»Namen kann ich nicht nennen. Noch nicht. Das werden sie hoffentlich verstehen. Aber ich kann ihnen z. B. sagen, von welchem Kaliber die Leute sind. Sie müssen sich doch noch an Günter Dürmann erinnern, der Mann, der einen ganzen Konzern in wenigen Monaten total umgebaut hat und alle Hürden ohne großen Widerstand genommen hat. Nie hat ihn jemand verdächtigt, das alles aus Gewinnstreben gemacht zu haben. Allen war immer klar, dass er es für richtig hielt und dass es für ihn keine andere Möglichkeit gab, den Konzern in die Zukunft zu führen. Den Namen des Konzerns, und der war über 100 Jahre alt, gibt es heute nicht mehr. Er hat gezeigt, wie es geht und man ist ihm gefolgt, zwar zähneknirschend und auch nicht ganz ohne Opfer, aber letztendlich hat man eingesehen, es muss anders werden, wenn es gut werden soll. Und zwar wirklich radikal anders. An solche Männer, natürlich auch Frauen, denken wir«

»Okay, jetzt weiß ich, wie sie es meinen. Diesen Herrn kenne ich und irgendwie ist er auch an meiner ganz persönlichen Misere, ich meine jetzt nur die Blaufärbung, schuld.«

»Ja, ich weiß. Ich habe natürlich vorher etwas recherchiert. Was die Blaufärbung betrifft, sehe ich nicht so klar.«

»Ist auch nicht so wichtig. Wann soll denn die Katze aus dem Sack geholt werden? Aus dem blauen Sack, in diesem Fall.«

»Wir stehen kurz davor. Noch bis zum Sommer soll die Gründung alle bürokratischen Hürden genommen haben. Die ausufernde Bürokratie gewaltig einzudämmen, ist auch eines der Ziele unserer blauen Bewegung. Wir wollen die breite Mitte sein. Das Beste von Links und Rechts übernehmen, denn nicht alles ist schlecht, was sich an den Rändern so tut. Der "Blaumann", eine Metapher für den täglich redlich und fleißig arbeitenden Menschen, und zwar in allen Berufen, soll das Maß der Dinge sein. Er muss mit seinem Lohn, seinem Gehalt menschenwürdig leben können, erträgliche Steuern zahlen, seine Gesundheit muss ein öffentliches Anliegen sein, Krankheit darf ihn nicht ausgrenzen. Rentner haben ihr ganzes Leben lang Steuern gezahlt. Sie bleiben deshalb steuerfrei. Der Verkehr muss dem Menschen angepasst sein und nicht umgekehrt, egal ob auf der Straße, auf der Schiene oder in der Luft. Bahn, Post, Banken sollen unter staatlicher Kontrolle sein. Die Schule muss völlig reformiert werden, und zwar so, dass alle hier lebenden Schüler optimal ausgebildet werden. Energie ist ein wichtiger Faktor. Kohle, Öl, Atomkraft müssen aus der Schmuddelecke herausgebracht werden. Andere Naturkräfte können nur einen Teil der benötigten Energie liefern, mehr nicht. Machen wir uns doch nichts vor, die einzige Energiequelle, die wir noch für einige Jahrzehnte haben, ist die Kohle, bei allem anderen sind wir auf Fremdbezug angewiesen. Und die Kohleförderung soll gestoppt werden! Ein Witz, angesichts der steigenden Preise für Kohle auf dem Weltmarkt. Wind, Sonne, Wasser und Erdwärme kann unsere Zukunft nicht sichern. Kernenergie kann uns Luft verschaffen, bis wir dauerhaften Ersatz gefunden haben. Der atomare Abfall muss verringert werden, keine Frage, aber dazu muss geforscht werden und das mit aller Kraft und zwar hier, hier in Deutschland, sonst sind wir wieder von anderen abhängig. Wissen soll exportiert werden, so der Traum vieler Traumtänzer. Dafür braucht man gut ausgebildete Ingenieure, Wissenschaftler und Facharbeiter und Produkte, die aus deren Tätigkeit hier entwickelt und auch hier produziert werden. Hartz IV muss weg und die Gesetzesflut muss eingedämmt werden. Alles muss einfacher werden und vieles muss wieder auf ein menschliches Maß zurückgeführt werden. Es muss auch von den einfachen Menschen, unserer Zielgruppe sozusagen, verstanden und ohne Vorbehalte unterstützt werden. Ehrlichkeit soll wieder einen großen Stellenwert bekommen. Geschlossene Verträge werden unbedingt eingehalten, auch die nur mündlich vereinbarten. Das Kleingedruckte entfällt, weil es zu viele Schlupflöcher für Unehrliche bietet. Das ist sehr viel auf einmal, aber das ist unsere Vision, die Vision der Blauen Welle.«

»Langsam beginne ich zu verstehen, Herr Christ. Und wie kann ich íhnen dabei helfen?«

»Verzeihen sie, wenn ich mich in Rage rede, aber das war ja nur ein kleiner Einblick in unser Programm. Ich dachte, sie könnten als unser Flaggschiff auf Prospekten, Broschüren und Plakaten agieren. Sie sind ungemein authentisch, weil sie nicht angemalt, sondern wirklich blau sind. So blau, wie wir sein wollen. Immerhin müssen wir auch das etwas verbesserungswürdige Image von "Blau" auf einen anderen Level bringen. Es besser positionieren.«

»Jetzt reden sie aber schon wie ein Politiker. Ihre Bewegung könnte was für mich sein, aber als ihr Maskottchen sehe ich mich nicht. Tut mir leid. Da brauche ich auch nicht lange drüber nachzudenken.«

»Ich muss gestehen, das mit ihnen war meine ganz persönliche, spontane Idee. Schade, aber ich respektiere natürlich ihre Entscheidung. Falls sie es sich anderes überlegen sollten, hier ist meine Karte. Rufen sie mich an, bei Tag und Nacht, ich bin immer für sie erreichbar. Wie es so schön in jedem Krimi heißt.«

»Ich glaube, und das ist meine ganz subjektive Einschätzung, quasi aus dem Bauch heraus, sie sollten ganz ohne die üblichen Mätzchen auftreten. Am Anfang müssen sie ja wie eine ganz stinknormale Partei anfangen, um in bzw. an die Regierung zu kommen, aber dann alles ganz anders machen als die bekannten Parteien. Ihre besseren Argumente müssen punkten, nicht die schöneren Plakate. Auf diese Art haben sie eine viel größere Chance auch als ganz neue, fundamental andere Volksbewegung wahrgenommen zu werden.«

»Ich werde darüber nachdenken. Vielen Dank, dass sie mir zugehört haben.«

»Ich habe zu danken. Das Geschnetzelte war für hiesige Verhältnisse ganz in Ordnung. Sie dürfen mich gern noch einmal einladen.«

»Sie denken doch dran und behalten alles erst mal für sich.«

»Sie können sich auf mich verlassen, Herr Christ. Ich werde meine Augen und Ohren aufhalten, damit ich es nicht verpasse, wenn die Blaue Welle über uns hereinbricht. Ich wünsche ihnen viel Erfolg dabei.«

Wir verabschiedeten uns und auf dem Weg zu unserem Stand schlenderte ich durch die Halle. Auf unserem Stand war wieder die nachmittägliche Ruhe eingekehrt. Sandra sagte mir, dass ein Herr von Blaustrand oder so nach mir gefragt hätte, aber morgen noch einmal kommen wollte. Blaustrand sagte mir nichts und nach einer Partei hörte es sich auch nicht an. Die hübsche Studentin von nebenan kam mit der obligatorischen Kaffeekanne zu uns, holte Wasser und verabschiedete sich gleich, da sie wieder nach Hause fuhr. Schade, ich wollte sie heute eigentlich einladen, mit mir eine der vielen Standpartys zu besuchen. Wer sich zu lange ziert, verpasst das Leben. Das sollte ich mir endlich einmal hinter die Ohren schreiben.

Sandra Teufls Freund war jetzt auch in Hannover. Also wieder Kneipe in Laatzen heute Abend.

Im Weißen Ross ging es schon ziemlich hoch her, denn die beiden Huberts redeten, bzw. hackten verbal, ziemlich laut aufeinander ein, als ich so um neun noch ein letztes Bier zu mir nehmen wollte. Hubert 1 hatte einen Brief mit dem Kostenvoranschlag von seinem Zahnarzt erhalten und mit gleicher Post, die Rechnung vom Optiker für seine Brille. Alles in allem sollte er fast 2000 Euro zahlen. Er war also ziemlich verärgert und wütend auf das ganze Gesundheitssystem. Hubert 2, ein ehemaliger Zahnarzt, der vor fünf Jahren seine Praxis geschlossen hatte, versuchte ihn zu beruhigen, was ihm aber nicht gelang. Andere Gäste schlugen in die gleiche Kerbe und alle waren der Meinung, dass es durch die geplante Fondslösung eher noch schlimmer werden würde. Alle waren sich einig, so geht es nicht weiter. Deutschland war auf dem besten Weg in ein Dritte-Welt-Land. Verschiedene Lösungen wurden diskutiert, jeder hatte ein anderes Gebiet, das ihm am Herzen lag und dessen Probleme er ganz anders angehen würde, als es die derzeitige Regierung tat. Als sie mich bemerkten, riefen sie: »Blaubart, sag' doch auch mal was!« Ich wollte mich aber nicht auch noch in die allgemeine Diskussion einmischen und eigentlich nur in Ruhe ein Bier trinken. Ich winkte ab und gab ihnen zu verstehen, dass heute Abend nicht mehr mit mir zu rechnen sei. Die hier vertretene Volksseele kochte also weiter. Man schlug vor, die über 200 Krankenkassen auf eine Anzahl unter zehn zusammenzustreichen, weil es doch hirnrissig sei, genau so viele Vorstände, Hauptverwaltungen, Abrechnungsstellen, Bewilligungsausschüsse usw. zu unterhalten und zu bezahlen. Ich konnte dem nur zustimmen. Schon kamen aus einer anderen Ecke wieder neue Vorschläge. Banken sollten nur noch von jüdischen Bankiers geführt werden, weil man doch noch nie gehört hätte, dass Rothschilds bankrottgegangen wären. Die könnten es nun mal besser, das wüsste doch jeder vernünftig denkende Mensch. Praktisch alle Bereiche wurden durchleuchtet und alles sollte ganz anders als bisher angepackt werden. Nur radikal neue Methoden könnten alles zum Besseren wenden. Ich bin zwar nicht der politische Mensch, aber nichts, was ich dort hörte, sprengte den Rahmen, war rechtsradikal oder sonstwie abartig. Die meisten Vorschläge waren nachvollziehbar. Einer war dafür, dass Mütter von Kindern unter zehn Jahren überhaupt nicht arbeiten sollten. Wenn die Kinder schon unsere Zukunft wären, müssten sie auch alle zu etwas Vernünftigem werden können, das ginge eben nur mit ordentlichen Müttern. Jugendliche, die zu nichts zu gebrauchen wären, hätten wir genug. Mir kam es so vor, als wäre ich auf einer Veranstaltung der Blauen Welle und ich hatte den Eindruck, dass diese Bewegung vielleicht tatsächlich auf dem richtigen Weg war. Also ganz so benebelt und politisch unterbelichtet, wie es allgemein gern dargestellt wurde, war dieses Kneipenvolk jedenfalls nicht. Als die Idee aufkam, endlich wieder einen König zu ernennen, der nur das Volkswohl im Auge hat, einen wie den Alten Fritz und andere sagten, das Beste für uns alle wäre ein "guter Diktator", der auch wirklich auf uns, sein Volk, hört, wurde es mir aber dann doch zu viel. Die Vorschläge drifteten langsam in absolute, vielleicht doch etwas bierselige, Utopien ab. Ich trank mein Bier aus, verabschiedete mich und ging zu meiner Pension, um zu schlafen. Wie konnte es sein, dass Volksempfinden und Regierung so weit auseinanderlagen? Kein Wunder, dass sich extreme politische Meinungen so leicht durchsetzten. Die Blaue Welle stieß da anscheinend in eine Lücke, die die jetzige Regierung mit ihrer Murkserei immer größer machte. Gekürzte Pendlerpauschale, geplante Gesundheitsreform, globaler Bundeswehreinsatz, jährlich angeprangerte Steuerverschwendung und ungebremste Gesetzesfluten konnten offenbar auch den gutmütigsten und wohlmeinendsten Bundesbürger nicht überzeugen.

Am nächsten Tag merkte man schon von Anfang an, unsere Marketing-Aktion mit dem Blaumann lockte kaum noch jemand hinter dem Ofen vor. Die Interessenten kamen zwar noch zum Stand, aber nicht mehr in dieser Menge. Die Zahl der Bekannten wurde dafür größer, denn die Messe dient ja auch dazu, vorhandene Kontakte zu pflegen. Bei vielen Ausstellern und Besuchern ist das der Hauptgrund für eine Messepräsenz. Ein stressfreies Gespräch mit guten Geschäftspartnern zu führen, kann auch ein Mittel der Kundenpflege sein. Um elf Uhr kam der Herr von Blaustrand zu mir. Es handelte sich um Herrn Harald Bonn aus Duisburg, der dem Verein Blausand, nicht Blaustrand, angehörte. Er erklärte mir, sein Verein hätte sich vorgenommen, stärker als bisher über die Gefahren des Badens im offenen Meer zu informieren. Die Tochter des Gründers sei vor einigen Jahren beim Baden im Mittelmeer ertrunken, weil keiner ihre Hilferufe beachtet hatte und auch vor Ort nur unzureichend auf die Gefahren hingewiesen wurde, die durch Strömungen, plötzlich aufkommende Winde und Untiefen in Strandnähe entstehen. Um mehr auf sich aufmerksam zu machen, würden in regelmäßigen Abständen an den viel besuchten Stränden des Mittelmeers und auf den Kanaren Aktionen durchgeführt, damit die Menschen besser für die Gefahren sensibilisiert würden. Jeder Ertrunkene ist einer zu viel, sagte Herr Bonn. Dazu würden sich die teilnehmenden Vereinsmitglieder und Sympathisanten komplett blau färben und so an den Stränden für ihre Sache werben. Er hätte mich im Fernsehen gesehen und dann in verschiedenen Zeitungsberichten gelesen, dass es sich bei der Blaufärbung um die Nebenwirkung eines Alzheimermedikamentes handeln soll und bat mich dazu um nähere Informationen. Sie wollten das Mittel ebenfalls gern benutzen. Zur Verbesserung der Öffentlichkeitsarbeit des Vereins sollten die Führungsleute immer in Blau auftreten. Ich wusste nicht so recht, ob ich darüber lachen sollte. Die Menschen kommen auf seltsame Gedanken. Für ihre Ideen gehen sie anscheinend auch gern unkalkulierbare Risiken ein. Ich war erstaunt.

»Herr Bonn, das ist sicher eine interessante Idee, aber leider sind sie, und auch alle anderen, einer echten Zeitungsente aufgesessen.«

»Wieso Herr Blumen? Sie haben das doch selbst gesagt. Stimmt das etwa nicht?!«

»Leider stimmt es, allerdings wurde das nur so dahingesagt, um eine halbwegs glaubhafte Erklärung für meine seltsame Blaufärbung zu liefern. In Wirklichkeit weiß niemand so recht, wie das alles zustande kommt und auch nicht, ob es dauerhaft ist.«

»Wie? Sie wollen mir erzählen, sie hätten das alles nur erfunden? Aus Marketinggründen?«

»Nein, so ist es nicht. Oder so ist es nicht ganz. Ich wurde durch irgendein nicht erklärbares und bis heute noch nicht nachzuvollziehendes Ereignis blau und wir haben diesen Umstand für unsere Firma ausgenutzt.«

»Das muss ich jetzt nicht kapieren. Ich verstehe nur, dass sie uns alle hinters Licht geführt haben. Das ist doch fast schon Betrug.«

»Nun machen sie mal halblang, Herr Bonn. Ich bin tatsächlich blau, kein Trick, keine Maske, keine Chemikalie, kein irgendwie geartetes Experiment, das danebengegangen ist. Sie wissen doch selbst, dass alle Leute eine begreifbare Erklärung für etwas Seltsames, Exotisches, Abnormes, quasi Außerirdisches haben wollen. Die einzige, halbwegs glaubhafte, Möglichkeit so etwas zu liefern, war die Story mit den Nebenwirkungen, aufgepeppt mit der Alzheimersache.«

»Okay, so langsam begreife ich. Wie ist es denn tatsächlich passiert? Vielleicht können wir das kopieren, oder haben sie die Methode bereits geschützt?«

»Nein, bisher noch nicht und wenn ich es ihnen sage, glauben sie es ja doch nicht. Es ist einfach zu bizarr und ich wünsche es auch niemandem.«

»Schade, ich dachte es wäre eine gute Idee, es auch mit dem Mittel zu versuchen. Aber wenn ich so darüber nachdenke, war es auch ein bisschen übertrieben. Es war wohl mehr eine Schnapsidee. So was kann einem nur hier passieren. Irgendwie lebt man ja auf der Messe wie in einer anderen Welt. Alles ist möglich, zumindest wird es einem hier so suggeriert.«

»Ja, tut mir leid, dass ich sie so aufs falsche Gleis geführt habe. Kann ich ihnen etwas zu trinken anbieten, damit sie das alles besser verdauen können.«

»Ja, ich glaube ich kann jetzt was vertragen. Haben sie einen Martini da?«

»Einen Augenblick, bitte, Herr Bonn.«

Sandra lief gerade vorbei und ich fragte sie. Wir hatten. Dem kleinen Umtrunk stand nichts mehr im Weg. Er beruhigte sich wieder und am Ende des Gesprächs gab er mir seine Karte. Er war nicht nur im Vorstand des Vereins, sondern auch im Vertrieb einer Duisburger Schraubenfabrik. Bevor er ging, sprach er noch davon, seinen Verein umzubenennen, damit der Sinn und Zweck besser und schneller erkennbar werden sollte. Sie hätten sich auf Blaue Welle geeinigt. Ohne näher auf die Gründe einzugehen, konnte ich ihm nur raten, diesen Namen so schnell wie möglich in ein Register beim Patentamt, oder wo auch immer, eintragen zu lassen. Er versprach, daran zu denken und verabschiedete sich endgültig.   Seine Reaktionen hatten mich aber schon nachdenklich gemacht. Was, wenn der Termin bei unserem Geschäftsführer ebenfalls mit dieser Alzheimer-Sache zu tun haben würde? Der Rest des Tages und auch die folgenden Messetage vergingen ohne weitere merkwürdige Vorkommnisse. Alles in allem war unsere Aktion auf der Messe für Service 2000 ● ein voller Erfolg. Am Ende des letzten Tages hatten wir 354 Kundenkontakte, von denen laut Marketing ein gutes Drittel sehr vielversprechend für die Zukunft war. Das war ein gutes Ergebnis, ohne dass wir allerdings eine Vergleichsmöglichkeit hatten. Welche davon mir zu verdanken war, konnte auch nicht ermittelt werden. Auf jeden Fall ließ sich Ralf Müller-Bessenich nicht lumpen und rang sich dazu durch, ein Fässchen auf den Stand rollen zu lassen, das wir dann auch ganz gemütlich leerten. Über den farblichen Zustand der Messecrew, nachdem Leerstand beim Fässchen festgestellt wurde, reden wir hier besser nich. Ich war jedenfalls ziemlich blau, so und so.

7

Am Montag, dem ersten Tag im Büro nach der Messe, wurde schon lebhaft über die Tage in Hannover geredet. Alle hatten mittlerweile den Ausschnitt mit uns in der Tagesschau gesehen. Er war im Intranet der Renner gewesen. Buchstäblich jeder in der Firma, und sicher auch viele außerhalb, hatten ihn gesehen, denn er wurde sofort nach Erscheinen auf DVD gebrannt und weitergegeben. Wie immer in solchen Fällen, war ich der Einzige, der ihn noch nicht gesehen hatte. Als ich ihn mir auch noch einmal ansehen wollte, war er nicht mehr aufzufinden. Ein Anruf bei unserem IT-Papst brachte die Erklärung, aber nicht den Grund. Herald musste ihn noch am Sonntagabend im Intranet löschen. Befehl von Dr. Seeler. Während wir noch rätselten, kam ein Anruf von Frau Kaisers, der Assistentin von unserem Geschäftsführer, besagtem Dr. Seeler, die sich für die fünfzehn Minuten Verspätung von Dr. Seeler entschuldigte und den verabredeten Termin auf 8:15 Uhr verschob. Ich war nicht ganz im Bilde, denn ich wusste überhaupt nichts von einem konkreten Termin um 8 Uhr. Sie empfahl mir, meine Mails zu lesen, dann wäre ich auch wieder up to date. Meine Dienstzeit begänne doch, genau wie ihre, um 7:30 Uhr. Dagegen konnte ich nichts sagen, versprach pünktlich zu kommen, legte auf und ging in mein Outlook. Tatsächlich, es war ein Termin um 8 Uhr angesetzt und eingeladen war Daniel Kienzle, Ralf Müller-Bessenich, Hans M. Pfeiffer, unser Pressesprecher, offenbar aus China zurück, und ich. Ort der Handlung war das Büro von Dr. Seeler. Der Grund war nicht angegeben. Da es schon fünf nach acht war, nahm ich mir einen Notizblock und machte mich auf den Weg. Da die Kollegen annahmen, dass es etwas zu belobigen gab, beglückwünschten sie mich schon einmal im Voraus. Auf den Gängen begegneten mir einige Leute. Alle winkten mir zu, wünschten guten Morgen oder hoben wenigstens die Hand. Manche zeigten mir den nach oben gerichteten Daumen. Ich konnte davon ausgehen, dass mich jetzt wirklich jeder in der Firma kannte. Im Vorzimmer von Dr. Seeler musste ich warten. Frau Kaisers meinte, sie bräuchte mir keinen Kaffee anzubieten, da es gleich losgehen könnte, die anderen wären schon drin, Dr. Seeler würde nur noch telefonieren. Ich hatte den Eindruck, dass das alles inszeniert war, um ohne Umschweife die Statusfrage zu klären. Ich war das kleine Licht und die Herren ließen mich warten. An dieser altbekannten und bewährten Methode, zu zeigen, wer das Sagen hatte, konnte alles Gerede von Kulturwandel nichts ändern. Frau Kaisers schielte auf das Telefon, lächelte professionell und nickte mir nach einer Weile zu und meinte, ich könnte jetzt eintreten. Ich klopfte kurz, im gleichen Augenblick wurde aber die Tür geöffnet und Herr Kienzle bat mich herein. Alle saßen an dem kleinen Tisch in dem sehr karg eingerichteten Büro unseres Geschäftsführers. Der einzige lächelnde Teilnehmer der Runde war Dr. Seeler. Die anderen sahen eher bedröppelt aus. Dr. Seeler gab mir die Hand, ich klopfte zur Abkürzung der Begrüßung auf den Tisch und setzte mich auf den freien Stuhl.

»Herr Blumen, schön, dass sie gekommen sind. Ich komme gleich zur Sache. Allerdings möchte ich ihnen, trotz allem, für ihr großes Engagement während der Messe danken. Es war ja die erste Messe der Service 2000 • und, wie ich höre, gleich ein voller Erfolg. Die ganze Mannschaft hat gut gearbeitet. Das Marketing wird sich jetzt an die Nachbearbeitung machen und ich hoffe, dass der eine oder andere lukrative Auftrag zustande kommt.«

Ich murmelte, weil ich mich fragte, warum keiner in der Runde begeistert war: »Vielen Dank, wir waren auch ein gutes Team.«

»Leider gibt es aber ein ziemlich heikles Thema, über das wir hier sprechen müssen. Deshalb ist auch unser Pressesprecher, Herr Pfeiffer, hier.« Pfeiffer nickte heftig, sagte aber kein Wort. Dr. Seeler redete weiter.

»Die Idee, ihr Aussehen direkt in eine Werbekampagne umzusetzen war hervorragend, die Erklärung, die sie aber dazu abgegeben haben, war es nicht. Die Homburg AG hat sich am Freitag bei mir gemeldet und Aufklärung verlangt, was das soll, das Alzheimerpräparat als Ursache für diese ominöse Blaufärbung zu benennen. Sogar das FDA hätte bei ihnen angefragt, warum diese Nebenwirkung auf den Anträgen zur Zulassung in den USA nicht vermerkt wäre.«

»Entschuldigung, Herr Dr. Seeler, ich verstehe nur Bahnhof. Was hat die Homburg AG mit mir zu tun? Wer oder was ist diese FDA und von welchem Antrag reden sie eigentlich?«

Kienzle hob die Hand und sagte:

»Einen Moment bitte, Herr Blumen, es geht um die plötzliche Blaufärbung, die sie erlitten haben. Und es geht um die Erklärung, die sie dafür gegeben haben, die dann in Tagesschau und Presse gelangt ist. Außerdem geht es um die Homburg AG, die tatsächlich ein Alzheimerpräparat auf den Markt bringen will. Das ist unser Thema hier.« Jetzt fand auch Pfeiffer seine Sprache wieder. Manchmal fragte ich mich, wie er zum Pressesprecher werden konnte, denn ein Redetalent schien er mir nicht zu sein. Er fing auch prompt mit einem "Ähh.." an.

»Wenn ein Medikament zugelassen werden soll, stellt man meistens zuerst einen Antrag bei der amerikanischen Zulassungsbehörde, der FDA, der Food and Drug Administration, weil der amerikanische Markt wichtig ist und wenn die das Medikament erst einmal zugelassen hat, ist dann die Prozedur bei unseren Behörden leichter. Das zum Hintergrund.«

»Okay, jetzt ist mir klar, auf was das hinausläuft. Die Homburg AG hat Angst, sie kriegt ihr Medikament nicht zugelassen, weil ich das angeblich gesagt habe. Aber mal ehrlich, was hätte ich denn sagen sollen? Es ist ein Wunder, konnte ich ja schlecht sagen, dann hätten wir jetzt den Papst auf dem Hals.« Das brachte Dr. Seeler zum Lächeln. Die anderen verzogen keine Miene. Ich schenkte mir erst mal eine Tasse Kaffee ein, denn Tassen und eine Kanne standen ja für uns auf dem Tisch.

Ich sagte dann noch: »Keiner hat mir gesagt, was ich sagen soll oder was ich nicht sagen soll.« Zu Müller-Bessenich gewandt, schob ich noch nach: »Ralf, nun sag du doch auch mal was! Die haben uns doch bedrängt. Keiner hat irgendetwas dagegen gehabt und ich habe auch nicht geahnt, dass das ins Fernsehen kommt.« Müller-Bessenich wurde rot und meinte:

»Ja stimmt, aber dass du auch ausgerechnet Nebenwirkungen als Grund nennst, hätte ich dir nicht geraten.«

»Jetzt sind wir alle schlauer.«

»Meine Herren! Dummerweise hat die Homburg AG tatsächlich ein Alzheimermittel in der Pipeline und ist nicht an negativer Reklame interessiert. Überhaupt nicht. Wir sind es auch nicht, denn sie ist ein guter Kunde von uns. Unser wichtigster Kunde. Wie auch immer es zu dieser Erklärung gekommen ist, sie steht im Raum.«

»Die von der Presse und alle anderen haben uns das ja förmlich in den Mund gelegt. So richtig konnten wir eigentlich nichts dazu. Ich fand das ganz gut, ehrlich.«

»Ja, Herr Blumen, wir glauben ihnen das. Aber das ist Schnee von gestern. Wir müssen da wieder raus, und zwar schnell.« Kienzle versuchte also die Wogen zu glätten.

»Wir haben uns gedacht, wir geben eine Pressemitteilung heraus, dass die Sache mit den Nebenwirkungen auf ein Missverständnis zurückzuführen ist. Heute noch.«

»Herr Pfeiffer, sie machen das. Lügen sie das Blaue vom Himmel herunter, nur ohne Nebenwirkungen. Und sie, Herr Blumen, bleiben ab sofort zu Hause. Ich gebe ihnen Urlaub. Sagen wir mal sechs Wochen, bezahlt natürlich. Herr Kienzle, sie regeln das mit der Personalabteilung, die wissen Bescheid. Herr Müller-Bessenich, sie stampfen alles mit Blau ein und erstellen auf schnellstem Weg neue Broschüren, die nichts mit dem Messethema zu tun haben.« Die Angesprochenen nickten und sagten keinen Ton. Ich sagte auch nichts, mir fehlten die Worte.

Jetzt waren alle Aufgaben verteilt, alle Kröten geschluckt und wir konnten zum gemütlichen Teil übergehen. Dr.
Seeler schenkte sich jetzt auch eine Tasse Kaffee ein. Die
anderen folgten seinem Beispiel. Die Hierarchie musste ja eingehalten werden. Ich nahm einen Orangensaft. Dr. Seeler fragte mich nun ganz leutselig:

»Herr Blumen, wenn es nicht die Nebenwirkungen waren, was
hat die Blaufärbung wirklich ausgelöst? Ich habe mit der
Werksärztin gesprochen. Sie wird alles tun und alle Möglichkei-
ten ausschöpfen, um sie wieder in den Normalzustand zu bringen. Um das einmal ingenieurtechnisch auszudrücken.«

»Ich weiß es auch nicht. Eigentlich ist es ein Wunder. Ich habe
gesagt: Ich will blau werden, wenn.... , die Uhr schlug zwölf und
ich wurde blau. So einfach war das.«

»Wie? Diese Geschichte ist wirklich wahr? Das erzählt man
sich so hier, aber ich habe das für dummes Geschwätz gehalten. Jetzt verstehe ich auch erst richtig, dass ihnen ja gar nichts
anderes übrig blieb, als eine halbwegs plausible Ausrede zu
erfinden. Die Story mit den Nebenwirkungen hätte ich ihnen ja
auch unbesehen abgenommen.«

»Wären sie doch zu mir gekommen. Wir hätten uns dann eine
gute Geschichte zurechtgelegt, mit der wir uns keinen Prozess
an den Hals geholt hätten.« Pfeiffer musste also auch seinen
Senf dazugeben, wurde aber von Kienzle sofort ausgebremst.

»Sie waren doch in China. Die Begründung war eigentlich ganz
okay. Keiner konnte ja ahnen, dass es diese Dynamik entwi-
ckelte.«

»Zum Prozess ist es ja auch noch nicht gekommen. Bis jetzt noch nicht. Deshalb ist es auch besser, wir nehmen sie, Herr Blumen, aus der Schusslinie.«

»Mir fehlt dadurch natürlich ein Mitarbeiter. Gerade nach der Messe haben wir einiges zu tun.« Müller-Bessenich versuchte sofort seine Truppe zu vergrößern.

»Das kriegen sie schon hin. Frau Gäst und Herr Nebel machen das schon. Sie können sich ja auch einschalten.« Dr. Seeler schaute auffällig zur Uhr und zeigte so allen, dass die Audienz vorbei ist. Wahrscheinlich wäre Frau Kaisers gleich hereingekommen und hätte an den nächsten Termin erinnert. Wir standen gehorsam auf, verabschiedeten uns und gingen wieder an unsere Schreibtische. Die hatten doch schon alles im Vorfeld geklärt. Nur damit der Betriebsrat nichts sagen konnte, wurde diese Sitzung einberufen, um mir ganz lapidar mitzuteilen, dass ich die Geschäfte störe. Ganz ordnungsgemäß und mitarbeiterfreundlich.

Kienzle marschierte mit Hans M. Pfeiffer in dessen Büro. Das M. soll angeblich für Maria stehen, wahrscheinlich ist es aber nur ein Manfred oder Matthias. Müller-Bessenich winkte einem Kollegen am Ende des Ganges zu, den ich nicht erkannte, eilte hin und verschwand mit ihm um eine Ecke des Ganges. Dr. Seeler war in seinem Büro geblieben und telefonierte schon wieder. Frau Kaisers bat mich, einen Moment zu bleiben, ich sollte eine Mappe mit zu Klotzig nehmen. Weil man die Hauspost wegrationalisiert hatte, übernahmen wir hin und wieder, also oft, selbst die Hauspostzustellung. Während ich wartete, rief jemand an und sie berichtete begeistert von einem Urlaub im Zelt auf einer Insel bei den Kanaren, auf der es weder Strom, noch fließendes Wasser gab. Ich konnte mir Anita Kaisers nicht beim Camping vorstellen. Immer korrekt gekleidet, immer mit dezentem Make-up, nie mit fliegenden Haaren. In ihrem Büro waberten orientalische Wohlgerüche von Duftkerzen. Jede Woche eine andere Note. Nein, auf einem Zeltplatz war sie für mich fast unvorstellbar. So kann man sich in seinen Mitmenschen täuschen. Endlich waren sie mit ihrem Gespräch fertig, ich erhielt meine Mappe und machte mich auf den Weg. Im Büro wartete bereits eine Mitarbeiterin der Personalabteilung und nach einer halben Stunde war ich tatsächlich schon auf dem Weg nach Hause. Keiner meiner Kollegen hatte mehr etwas gesagt. Nur Antje Gäst drückte mich kurz an sich und raunte mir ein »Machs gut.« ins Ohr. Einen Abschied für mindestens sechs Wochen hatte ich mir aber wirklich anders vorgestellt. Das geflügelte Wort vom Mohr, der seine Schuldigkeit getan hatte und gehen konnte, traf voll und ganz auf mich zu. Nur die Farbe musste leicht korrigiert werden.

8

Die erste Woche meines Rausschmisses, anders konnte ich es ja nicht nennen, versuchte ich mit dem Kitten gestörter Verhältnisse zu füllen. Bei Susanne, meinem ersten Versuch, konnte ich nichts erreichen. Ich rief sie an ihrem Arbeitsplatz an. Sie meldete sich, war aber nicht alleine im Raum.

»Na wie geht's dir? Ich habe schon von deinem Problem gehört.«

»Ich wollte nicht über dieses Problem reden, sondern über unseres.«

»Da gibt es nichts mehr zu reden. Das ist gegessen. Ich habe dir alles gesagt. Zwar per SMS, aber immerhin. – Tschüss, ich rufe sie an, wenn ich etwas weiß. – So, jetzt bin ich wieder allein. – Auf dich ist kein Verlass. In keiner Beziehung, auch nicht in unserer.«

»Das kann doch nicht dein Ernst sein. Immerhin haben wir es fast drei Jahre miteinander ausgehalten.«

»Das ändert auch nichts. Es ist vorbei. Daran musst du dich einfach gewöhnen.«

»Der Strafzettel kann doch nicht alles gewesen sein.«

»War es auch nicht. Er kam einfach noch dazu. Ich will es dir klipp und klar sagen. Ich habe mich verliebt. In den Bruder meines Schwagers. Er war jahrelang in Kanada und ist jetzt wieder hier. Wir haben uns bei meiner Schwester getroffen und es war um uns geschehen.«

»Ich glaub es nicht! Du siehst wohl zu viel fern. Pilcher und Lindström. Da gibt es so was.«

»Das gibt es auch im richtigen Leben. Ich weiß es, Frank. So war es mit uns nie. Jetzt ist es anders und das ist auch gut so, sogar besser. – Guten Tag Herr Niederstall. Einen Augenblick, bitte. – Tschüss, ich muss«

»Tschüss!« Mehr blieb mir dann auch nicht mehr zu sagen. Dagegen konnte ich ja nicht an. Liebe auf den ersten Blick! Sachen gibt's.

Dann rief ich bei Dr. Seeler an. Natürlich meldete sich Frau Kaisers und teilte mir mit, Herr Dr. Seeler sei in einem Gespräch und erkundigte sich dann ganz professionell, ob sie etwas für mich tun könne. Kein Wort über meinen Sonderurlaub und seine Gründe. Ich sagte ihr, ich könnte mir vorstellen, dass sich die Sache, bei Licht besehen, als nicht so dramatisch darstellt. Sollte es so sein, wollte ich es als Erster erfahren, damit ich meinen Zwangsurlaub wieder abbrechen konnte. Sie versprach sich zu melden, wenn sie mit Dr. Seeler gesprochen hätte. Dann hörte ich, wie sie einen Besucher, einen gewissen Allenti, mit den einleitenden Worten: »Ist es Ihnen zu Hause wieder zu ruhig oder hat ihre Frau mal wieder nicht gekocht?«, bat, sich einen Moment zu gedulden und mich verabschiedete. Zu ihrer Ehre muss ich sagen, sie rief nach ungefähr einer Stunde an. An der Sachlage hätte sich überhaupt nichts geändert. Mein Urlaub ist von der Personalabteilung genehmigt und der Betriebsrat hatte auch keine Beanstandungen. Sobald sich an meinem Status etwas ändert, würde ich es erfahren und tschüss. Alles sehr distanziert und streng dienstlich. Frau Kaisers versteht ihren Job, Handwerk kann man das ja nicht nennen. Das war also auch ein Flop.

Am Abend fuhr ich dann mit der S-Bahn von Friedberg aus nach Frankfurt in die Oper. Ich hatte Karten für die "Zauberflöte", die ich eigentlich zusammen mit Susanne sehen und hören wollte. Ein Opernfan bin ich ja wirklich nicht, aber sie hatte es sich gewünscht. Da ich die Karten nicht mehr verkaufen konnte, fuhr ich eben alleine und betrachtete es als Abschiedsvorstellung für uns. Wider Erwarten konnte ich mich tatsächlich bei Mozarts Musik entspannen und fand es eigentlich ganz gut. Die Karte war ich auch noch losgeworden. Eine alte Dame war ganz happy, eine so günstige Karte zu erwischen. Sie lud mich sogar noch zu einem Glas Sekt ein. Auf meine Hautfarbe kam sie nicht zu sprechen, wahrscheinlich sah sie nicht so gut, wie sie hören konnte. In Friedberg, auf dem Weg zum Auto passierte es dann. Ich hatte in der Mainzer-Tor-Anlage geparkt und musste vom Bahnhof aus ca. 500 Meter weit dorthin laufen. Gerade hatte ich mein Auto erreicht, da kam mir ein junger Mann in merkwürdigen Klamotten entgegen. Bundeswehr-Tarnjacke, rote Jeans und schwarze Springerstiefel. Offensichtlich angetrunken fragte er mich nach Feuer.

»Ey, Nigger, hast du Feuer?«

»Für dich nicht«, sagte ich nicht besonders freundlich.

»Auch noch pampig werden. Du gibst mir jetzt Feuer und dein Handy. Nigger brauchen keins!«

Ich versuchte, an ihm vorbei an mein Auto zu kommen. Er stellte mir ein Bein und rempelte mich an. Was mich genau dazu

109

bewog, weiß ich nicht, aber ich sah rot und verpasste ihm einen ziemlich kräftigen Kinnhaken. Wie es der Teufel will, traf ich voll ins Schwarze und er kippte nach hinten in die Hecke vor einem großen Haus. Er sagte nicht mehr viel. Ich hörte nur ein unartikuliertes Gebrumm. Ihm konnte nicht viel passiert sein, denn es war nur ein Glückstreffer. Sein Alkoholspiegel spielte auch eine Rolle, dass er nach so einem Treffer gleich zu Boden ging. Ich rannte die drei Schritte zu meinem Auto und machte mich aus dem Staub. Zu Hause sah ich, dass ich mir die Knöchel blutig geschlagen hatte. Damit konnte man aber leben. Immerhin hatte ich mich bei dem ersten Angriff wegen meiner Hautfarbe ganz gut geschlagen. Aber Nigger lasse auch mich nicht nennen, das kann ich jetzt den Schwarzen besser nachfühlen.

Am nächsten Tag fiel ich aber aus allen Wolken, als von dem Fund einer Leiche in der Mainzer-Tor-Anlage berichtet wurde. Der Tote war noch nicht identifiziert, aber anhand der Beschreibung handelte es sich um meinen Angreifer. Nur, dass er mit einigen Messerstichen getötet wurde, passte nicht zu meinem Fall. Trotzdem wollte ich mich nicht auch noch damit beschäftigen müssen und ging nicht zur Polizei. Dann fingen die Gärtner von gegenüber an, eine Offensive zu starten. Die Rasenflächen der Seniorenresidenz wurden mit kleinen Minitraktoren bearbeitet. Keine Ahnung was die da machten. Mähen, vertikutieren und gleichzeitig die Blütenblätter der Akazien verblasen, ich weiß es nicht. Sie machten jedenfalls einen Höllenlärm, erzeugten einen Minitreibhauseffekt mit ihrem Abgas und qualmten nebenbei noch gewaltige Mengen an Zigaretten weg. Die Senioren schien es nicht zu stören. Sie ergingen sich auch höchst selten in der Anlage, die intensive Pflege sollte anscheinend neue Bewohner anlocken oder eher die Angehörigen der künftigen Bewohner. So hautnah hatte ich das noch nie erlebt, da es an Wochenenden ja ruhig war. Daher entschied ich ziemlich spontan: Auf dem nächsten Flieger, der per Last Minute vom Frankfurter Flughafen aus in den Süden startet, bin ich Passagier.

Gesagt, getan. Noch am Nachmittag dieses Tages konnte die Reise losgehen. Alles für einige Wochen hinter mir zu lassen, darüber war ich richtig froh. Deshalb war es mir auch egal wohin, Hauptsache Süden und ein paar Stunden Flug entfernt von hier. Ich hatte wieder Glück, weil es ein Angebot gab, das mir sofort zusagte: Vier-Sterne-Hotel in Maspalomas auf Gran Canaria. Ein Appartement in einem Bungalow in Strand- und Dünennähe. Der Flieger sollte in drei Stunden starten. Das hatte so gut geklappt, weil jemand vor einer Stunde abgesagt hatte. Ein bisschen Glück musste ja auch ich einmal haben. An der Passkontrolle kam wieder die Frage auf, ob ich einen neuen Personalausweis bräuchte. Ich konnte die Beamtin aber mit dem Argument überzeugen, ein tief gebräunter Urlauber würde bei der Einreise ja auch nicht abgewiesen. Alle weiteren Prozeduren gingen glatt und ich konnte mir an der Bar im Abflugbereich endlich einmal in Ruhe ein Pils genehmigen. Ich saß auf dem Barhocker und guckte mir in aller Ruhe meine Mitpassagiere an. Dabei gingen mir einige merkwürdige Gedanken durch den Kopf. Ich fragte mich, neben wem ich lieber sitzen wollte, wenn das Flugzeug abstürzt. Lieber neben der langhaarigen Blonden, die mit einem Begleiter unterwegs war, Halbglatze, ungefähr einen Kopf kleiner und ca. 20 Jahre älter, oder neben dem munteren älteren Herrn, gebräunt, mit wettergegerbter Haut und schwäbischem Dialekt, wahrscheinlich ein FKK-Anhänger. Oder doch lieber die kleine Dunkelhaarige, die anscheinend mit ihrer Mutter unterwegs war. Da diese Gedankenspiele doch etwas merkwürdig waren und ich mich auch nicht entscheiden konnte, versuchte ich die Mitflieger statistisch zu ordnen. Allein flog offenbar niemand von den Jüngeren, also unter vierzig. Es waren deutlich mehr Frauen unterwegs und der Anteil der über 60-Jährigen war ungefähr zwei Drittel. An eine Kontaktaufnahme mit gleichaltrigen Singles im Warteraum war also noch nicht zu denken. In dieser Beziehung war ich vielleicht zur falschen Zeit und zur falschen Destination, wie die Vielflieger sagen, unterwegs. Ich konnte nur hoffen, dass meine Zielgruppe, Frauen zwischen zwanzig und vierzig, großzügig gerechnet, schon vor Ort waren. Nebenbei konnte ich beobachten, praktisch niemand beachtete mich besonders. Die meisten waren mit irgendetwas beschäftigt, aber mich anzustarren, gehörte nicht dazu. Manche dösten ergeben vor sich hin und hingen vielleicht ähnlichen obskuren Gedanken nach, wie ich. Gerade hatte ich mich entschlossen noch einen Kaffee zu bestellen, weil ich ja nicht als blauer Blauer in den Flieger steigen wollte, was zwar einen schönen Kalauer abgibt, aber nicht meiner Art entspricht, da tippte mir jemand auf die Schulter. Ich drehte mich herum. Ein Mann stand lächelnd vor mir.

»Sie erkennen mich wohl nicht? Ist ja auch kein Wunder. Auf der Messe gab es ja Hunderte von Gesichtern und heute bin ich auch noch in Freizeitkluft. Bonn, Duisburg.«

»Ah, Herr Bonn, ja jetzt weiß ich, wo ich sie hintun muss. Entschuldigung. Sie sind der Herr von ... Blaustrand. Schrauben, en gros. Stimmt's?«

»Ja, fast genau. Wir haben übrigens ihren Tipp ernst genommen, Blaue Welle gecheckt und uns, weil der Name tatsächlich schon geschützt war, jetzt endgültig für Blausand entschieden und diesen Namen auch eingetragen.«

»Freut mich, dass ich ihnen einen Gefallen tun konnte. Wollen sie Gran Canaria mit Schrauben überschwemmen?«

»Nein, ich habe Urlaub von den Schrauben und will die erste Blausand-Aktion in dieser Saison in Gran Canaria auf die Beine stellen.«

»Das trifft sich ja gut. Das sehe ich mir mal an.«

»Wieso nur ansehen? Machen Sie doch mit! Ich weiß nicht, wie lange sie bleiben wollen, aber sie sind herzlich eingeladen mitzumachen. Fast möchte ich sagen: Auf jemanden wie sie haben wir gewartet!«

»Das Angebot kann ich, glaube ich, unbesehen annehmen. Im Moment bin ich für spontane Aktionen aufgeschlossen.«

»Das ist ja großartig!«

»Ich bin ihr Mann, Herr Bonn.«

»Dann lösen wir gleich noch ein Problem. Die Mitglieder von Blausand sind alle per Du. Ich heiße Harald.«

»Ich bin der Frank. Jetzt bestelle ich aber doch noch zwei Pils, damit wir das direkt und hier besiegeln können. Mit Handschlag, wie im Mittelalter.«

»Ich bin dabei, Frank. Auf gute Zusammenarbeit.«

Nachdem die Gläser auf dem Tresen standen, wir stilecht angestoßen und sie auch gleich auf Ex geleert hatten, begann ein ganz neues Kapitel für mich. Allerdings wusste ich zu diesem Zeitpunkt noch nichts davon.

9

Der Flieger startete fast pünktlich. Mir hatten sie einen Platz am Gang in der Reihe eines Notausgangs verpasst. Das war angenehm, denn die Beinfreiheit in der Touristenklasse ist doch ziemlich beschränkt. Neben mir saß ein Mittsechziger in Wanderkluft, der während des ganzen Fluges schlief, wenn er nicht aß oder aufstand, weil seine Nachbarin, die aussah, als wäre sie eine pensionierte Studienrätin, sich die Beine vertreten wollte. Wie sich später beim Warten auf das Gepäck herausstellte, war sie eine Wäschereibesitzerin, die das Geschäft gerade an ihre Tochter weitergegeben hatte und nicht mit ansehen wollte, wie sie es zugrunde richtete. Das schien mir etwas übertrieben, aber ich kannte weder die Tochter, noch die Wäscherei. Immerhin zeigte es mir jedoch, wie verschieden die Gründe der Leute waren, die sie zu fliehen bewogen. Wir alle waren auf der Flucht. Ich ebenfalls. Ich wollte aber hier ankommen, wenn auch nur für begrenzte Zeit. So ganz war meine Stimmung zu diesem Zeitpunkt noch nicht auf dem richtigen, unbeschwerten Urlaubslevel. Nach relativ kurzer Zeit fing sich das Band an zu bewegen und förderte die Koffer und Taschen zutage. Ich schnappte mir meine und ging zu dem Bus, der uns in die verschiedenen Hotels bringen sollte. Meins lag tatsächlich nicht sehr weit entfernt vom Strand am Rand der Dünen. Herrn Bonn, also Harald, hatte ich im Flughafen aus den Augen verloren, aber im Hotel traf ich ihn wieder. Er war mit einem Taxi gefahren und war schon eifrig am Telefonieren, um seine Blausand-Mitstreiter zusammenzutrommeln. Sie wollten gleich am nächsten Morgen die Aktion starten. Er erinnerte mich an mein Versprechen, dabei mitzumachen. Nach dem Frühstück wollte man sich am Pool treffen und die Aktion dann generalstabsmäßig durchziehen. Ich dachte an einen Zug mit Transparenten zum Strand und dort ein paar Informationsstellen, denn der Strand war ziemlich lang. Ich erfuhr außer der Uhrzeit nicht viel, denn er war augenscheinlich in seinem Element und ließ sich durch nichts von seiner Mission ablenken. Ich ging in mein Appartement und packte meine wenigen Habseligkeiten aus und verstaute sie in den Schränken und Fächern. Die Appartementgäste bewohnten eine kleine verwinkelte Siedlung von Bungalows, die je nach Preisklasse und Größe, ein- oder zweigeschossig waren. Manche hatten einen eigenen Pool, andere eine größere Terrasse mit Garten. Man hatte einen herrlichen Panoramablick über die Stadt, das Meer und die Dünen. Im Norden die Berge hinter der Stadt, im Osten den Strand und das Meer, den Atlantik und im Süden die schier endlos erscheinenden Dünenhügel. Sie glichen einem riesigen bewegten Sandmeer. Insgesamt machte die ganze Anlage einen sehr gepflegten und ruhigen Eindruck. In einiger Entfernung war das eigentliche Hotel, dessen Einrichtungen wir mitbenutzen konnten. Insoweit hatte ich es sehr gut getroffen und ich war wirklich angenehm von Lastminute Buchungen überrascht. Nach einem Spaziergang am Ufer des dann doch noch fast 200 m entfernten Atlantiks setzte ich mich noch auf einen Drink an die Bar des Hotels. Es war nicht viel los, entweder, weil es hier um diese Jahreszeit nie so viele Gäste gab, oder, weil die meisten noch draußen am Meer und in der Stadt waren. Ich trank zur Feier des Tages den Haus-Cocktail und beobachtete die wenigen Leute, die sich in die Bar verirrt hatten. Wieder waren es nur Pärchen und Paare, entweder in lockerer Kleidung die jungen oder auf jugendlich getrimmt die älteren. Singles waren auch hier anscheinend extreme Mangelware. Der Cocktail versprach mehr als er halten konnte und ich nahm mir vor, künftig entweder Wein oder Pils zu trinken. Um elf ging ich in meinen Bungalow und legte mich ins Bett. Jetzt erst merkte ich, dass ich vergessen hatte, ein paar Bücher einzupacken. Da Maspalomas aber praktisch fest in deutscher Hand war, machte ich mir keine großen Sorgen und schlief erst einmal dem neuen Tag entgegen.

♥ 10

Ab jetzt schreibe ich in Gegenwart, denn alles erscheint mir so, als geschähe es gerade in diesem Augenblick. Alles ist so unglaublich gegenwärtig und mir ist so, als ob alles jetzt, in diesem Moment, genau so intensiv passiert wie damals. Eigentlich erlebe ich es immer wieder und wieder, in jeder einzelnen Sekunde, die ich hier verbringe. Ein Wunder, immer noch.

Ich gehe zur Rezeption und lege meinen Schlüssel auf die Theke. Der Angestellte wirft einen Blick auf die Zimmernummer, geht zu dem Nachrichtenfach und reicht mir einen Umschlag. Ich bin überrascht, öffne den Brief. Er ist mit Frank beschriftet und enthält eine lapidare Notiz von Harald Bonn: Wir treffen uns alle um 9 Uhr am Pool, Nichtschwimmerbereich. Harald. Sonst nichts. Da es bereits acht ist, gehe ich in den Frühstücksraum, suche mir an dem etwas unübersichtlichen Büfett alles zusammen, was ich zu einem ordentlichen Frühstück brauche und setze mich an ein Fenster. Der Raum ist nur spärlich besetzt. Harald sehe ich nicht. Ich weiß noch nicht einmal, ob er auch in diesem Hotel wohnt oder ob hier nur der Treffpunkt vor der Blausand-Aktion ist. Immer wieder bin ich überrascht, wie wenig die Leute von mir Notiz nehmen, trotz meiner ungewöhnlichen Hautfarbe. Normabweichler sind hier anscheinend nichts Außergewöhnliches. Vielleicht sind Touristen hier sowieso die Exoten. Verstehen kann man es ja. Kurz vor neun mache ich mich auf den Weg zum Pool. Er ist ziemlich groß und nierenförmig angelegt. Der flache Bereich ist am entfernten Ende. Auf dem angrenzenden Rasen steht ein weißes Partyzelt. Mehrere Männer verschiedenen Alters sitzen davor auf einer Bank. Alle in Badehosen und ganz in Blau. Alle wirken wie Kopien von mir. Ich bin überrascht und irritiert zugleich. Was soll denn das jetzt? Dann sehe ich ein Plakat mit der Aufschrift: "Blausand – Jeder ertrunkene Mensch ist einer zu viel. Macht das Baden sicherer! Jetzt!" Aha, denke ich, die gehören also zur Aktion. Vor dem Zelteingang stehen kleine Gruppen von Frauen, auch hier wieder unterschiedlichen Alters, aber hauptsächlich junge Blondinen, Brünette und Dunkelhaarige in gelben Bikinis. Wo kriegt Harald nur diese Models mit Traumfiguren alle her, denke ich. Ich gehe weiter auf das Zelt zu. Einer der Frauen, die alleine, etwas getrennt von den anderen steht, hat mir lächelnd ihr Gesicht zugewendet. Ich sehe sie an und es ist um mich geschehen. Ein Blick und ich stehe förmlich in Flammen. Es ist einfach nicht zu beschreiben. Mir läuft es eiskalt den Rücken herunter und gleichzeitig umbrandet mich eine Hitzewelle. Sie scheint zu leuchten, nur für mich. Ich kann es nicht fassen. Sie ist wunderschön. Dunkle Haare, makellos gebräunt, anmutig wie ein griechische Statue, alles genau da, wo es hingehört. Sie steht ruhig da und lächelt mich an. Obwohl sie eine Sonnenbrille trägt, glaube ich tief in ihre Augen zu sehen und ihren Blick zu spüren. Es ist einfach unfassbar. Ausgerechnet mir passiert das. Wo ich doch so etwas wie Liebe auf den ersten Blick für völlig unmöglich gehalten habe. Das hier fühlt sich aber genau so an und ist es auch, da bin ich mir absolut sicher. Ich sehe nur noch sie. Ein Tunnelblick blendet alles aus. Die anderen

119

Frauen – weg. Das Zelt – weg. Die blauen Männer – weg. Genau so, wie einem das betrachtete Objekt heller und näher erscheint, wenn man durch eine zusammengerollte Zeitung schaut, füllt sie mein ganzes Blickfeld aus. Und das reicht mir auch. Als hätte man in mir einen Autopilot eingeschaltet und meinen eigenen Willen ausgeschaltet, gehe ich auf sie zu und sage:

»Ich heiße Frank, Frank Blumen.« Ich höre meine Stimme, aber sie kommt mir fremd vor. Warum sage ich das, fragt eine Instanz, die irgendwo im Hintergrund meines Kopfes die Szene beobachtet.

»Schöne, Eva«, antwortet sie und ich glaube, eine Fee spricht zu mir. Sie lacht dabei, silberhell würde man es in einem Liebesroman nennen, aber es ist wirklich so. Ich bin wieder überrascht und gucke sie nur fragend an. Sie antwortet aber gleich und erklärt es mir:

»Meine Eltern hatten einen Blumenladen in Stuttgart. Jetzt wohnen sie in Wiesbaden, ganz in meiner Nähe. Der Blumenladen hieß ganz passend: Schöne Blumen. Ist doch witzig. Schöne Blumen!« Und wieder dieses Lachen. Ich bin hin und weg. Eva heißt sie und Schöne dazu. Für mich ist sie die Schönste, einfach wunderbar. Bevor ich noch weiter denken kann, höre ich:

»Gehören Sie auch zu der Blausand Aktion?«

»Ja, ich mache hier mit.« Was auch immer die hier machen, ich mache mit, wenn nur sie mitmacht und ich in ihrer Nähe sein kann. Ich erkenne mich nicht wieder.

»Toll, dass Du dabei bist. Die Blausand-Leute sind alle per Du. Also für dich bin ich jetzt die Eva, Frank.«

Das hat ja schon biblische Ausmaße: Für dich bin ich Eva. Wie der einzige Google-Treffer im Browser erscheint mir in diesem Augenblick der Satz aus Mark Twains Tagebüchern von Adam und Eva: Wo immer sie war, da war Eden. Das schreibt Adam auf Evas Grabstein. Dass passt jetzt nicht so ganz, aber es ist eine sehr schöne Geschichte und der Satz trifft bei mir jetzt schon ins Schwarze.

Dann kommt etwas ganz Überraschendes. Sie hebt ihre Hand, nähert sich ganz behutsam meinem Kopf und streicht mir über das Haar, berührt leicht mein linkes Ohr und gleitet dann sanft über meine Wange. Ihre Finger berühren eine Weile ganz leicht meinem Hals und dann zieht sie die Hand wieder zurück. Ihr Gesicht nimmt einen träumerischen Ausdruck an, den ich mir schon jetzt für immer wünsche, wenn sie mich berührt. Ich bin immer noch wie betäubt, als im äußersten Winkel meines Sehfeldes wieder der Zelteingang auftaucht und die Frauen und auch meine Traumfrau darin verschwinden. Ich stehe da und biete den Umstehenden, wenn sie mich denn beobachtet hätten, ein Rätsel. Stocksteif, total entgeistert, aber auch völlig entrückt, als wäre ich gerade der Augenzeuge einer Landung von außerirdischen Lebewesen, die mich verzaubert hätten. Ich weiß nicht, wie lange ich so stehe und Löcher in die Luft starre, in der eben gerade noch Eva schwebte. Harald weckt mich unsanft aus meinem Trancezustand.

»Wie ich gerade gesehen habe, hast du dich ja schon mit unserem Juwel bekannt gemacht. Eva ist wirklich ein Schatz, etwas ganz Besonderes. Alle mögen sie, du wirst sie auch lieben.«

Ich konnte überhaupt nichts sagen. Er hatte ja so recht! Es war schon jetzt um mich geschehen.

»Die Aktion beginnt in einer halben Stunde. Dann ist auch der letzte gebläut und wir können alle rüber zum Strand marschieren. Bei dir können wir uns die Prozedur ja schenken. Das spart Zeit.«

»Okay, ich mache mit«, kann ich nur lahm antworten und langsam wird der Autopilot wieder von meinem eigenen Bewusstsein abgelöst. Das Bild von Eva aber bleibt erhalten, fest eingebrannt in meiner Hirnwindungs-CD als ein für ewig gespeichertes Image. Ich begreife nicht wirklich, was da mit mir geschehen ist und kann nur versuchen, es mir vorstellbar zu machen, indem ich auf Analogien zur PC-Technologie zurückgreife.

Dann läuft alles ab wie ein gut geöltes Räderwerk. In wahrscheinlich vielen Aktionen ausgiebig trainiert, weiß der Kern der Truppe, was zu tun ist. Acht bis zehn Blaufrauen und blaue Männer bilden je eine Gruppe. Sie ziehen zum Strand, suchen sich einen Platz ca. 100 m von der Vorgruppe entfernt und bauen einen Tisch mit Sonnenschirm auf. Die nächste Gruppe lässt 100 m weiter das gleiche Ritual ablaufen. Die Akteure legen sich nebeneinander in den Sand und sorgen so dafür, dass man sich für diese merkwürdigen Leute interessiert. Das ist dann die Stunde der Standbesatzung, die die Strandbesucher auf die Gefahren des Badens im Atlantik hinweisen kann. Gerade der Strand in Maspalomas ist nicht ungefährlich und auch nicht in ganzer Länge durch Rettungspersonal gesichert. Besonders das Baden an der Südspitze des gewaltigen Dünengebietes ist sehr gefährlich, weil dort verschiedene Strömungen zusammenkommen und die Entfernungen zu Krankenhäusern doch recht groß sind. Ich hatte mich der dritten Gruppe angeschlossen, aber gleich bemerkt, Eva ist nicht dabei. Eine genaue Unterscheidung der Blaufrauen in 100 m Entfernung ist nicht möglich, da ja auch alle gelbe Bikinis tragen. Ich versuche, meine Nebenfrau im Sand zu Eva auszuhorchen. Ich will alles über sie erfahren, scheue mich aber einen Mann danach zu fragen, um ihn nicht auch noch auf Eva aufmerksam zu machen. Links neben mir liegt Karin, eine Lehrerin aus Darmstadt, um die vierzig, und rechts Heidrun, eine Verkäuferin aus München, so um die fünfzig. Ich versuche es zuerst bei Karin. Immerhin kennt sie Eva dem Namen nach und weiß auch noch etwas zu ihrem Beruf zu sagen. Eva hat, erzählt sie, Jura studiert und arbeitet jetzt in dem Callcenter einer Rechtsschutzversicherung, so etwas Ähnliches wie Advocard. Das ist ja schon einmal ein Anfang. Ein Nachbarjunge von Karin ist vor fünf Jahren bei einem Badeunfall in Ibiza ertrunken. Sie waren zusammen mit dem befreundeten Nachbarehepaar und den Kindern in den gleichen Urlaubsort gefahren. Während Karins Söhne auf einer Segelbootstour waren, hatten die anderen in einer Bucht gebadet, die als ziemlich sicher galt. Wie genau es geschah, konnte nie geklärt werden, jedenfalls war der Junge anscheinend viel zu weit rausgeschnorchelt und in Schwierigkeiten geraten. Bis seine Schwester das gemerkt hatte und andere Badegäste alarmieren konnte, die zwar sofort halfen, aber erst ein Schlauchboot startklar machen mussten, war es zu spät. Der Junge wurde gefunden, konnte aber nicht mehr reanimiert werden. Ein professioneller Rettungsdienst fehlte an diesem Strand. Später hat sie dann von Blausand erfahren und macht seitdem immer bei Aktionen mit, wenn sie es einrichten kann. Warum sie jetzt neben mir liegen konnte, obwohl keine Ferien waren, hat sie mir nicht verraten. Heidrun, zu meiner Rechten, kennt Eva nicht. Den ganzen Tag im Sand zu verbringen, ist wirklich nicht Urlaub pur. Wir werden zwar mit Getränken versorgt, aber der Erholungswert hält sich in Grenzen. Dabei habe ich noch den Vorteil, ohne Farbe in der Sonne zu liegen. In der Haut der anderen möchte ich nicht stecken. Ich bin froh, als die Sonne endlich untergeht und wir uns wieder zurück ins Hotel schleichen können. Richtig munter ist keiner mehr. Eva bekomme ich im Hotel nicht zu Gesicht, dafür aber Harald, der mich zu der am ersten Tag traditionellen After-Strand-Party ins Nachbarhotel einlädt. Ich bin sofort begeistert, hoffe ich doch, dort Eva wieder zu treffen. Den ganzen Tag über am Strand konnte ich keinen klaren Gedanken fassen und für meine unmittelbaren Nebenfrauen in Blau war ich wohl kein besonders amüsanter Gesellschafter. Ich hatte nur Eva im Kopf und ich war schon ganz ungeduldig. Ich will sie unbedingt gleich wiedersehen. Wenigstens.

Nach dem Essen werde ich mich direkt nach drüben in das Hotel mit der After-Strand-Party begeben. Ob das Abendessen überhaupt genießbar ist, weiß ich nicht, denn ich esse wie ein Roboter. Ich erkenne mich überhaupt nicht wieder. Die Bar ist voller blauer Menschen. Ich bin verblüfft. Harald, der gerade vorbeisaust, klärt mich auf. Es ist eine sogenannte RUDU-Aktion, was "Rund um die Uhr"-Aktion bedeutet. Alle Akteure bleiben den ganzen Tag, also bis sie ins Bett gehen, in ihrer blauen Haut. Das trifft sich gut, da falle ich überhaupt nicht aus dem Rahmen und es gibt auch vermutlich keine verräterischen Bemerkungen durch "normale" Hotelgäste. Ich sehe Eva natürlich sofort. Sie sitzt mit anderen zusammen an einem Tisch. Aber irgendwie ist eine kleine Distanz zwischen ihr und den unmittelbaren Nachbarn. Als hätte sie eine ganz besondere Aura um sich herum aufgebaut. Sie unterhält sich, lächelt und ist wunderschön, trotz oder wegen ihrer etwas getönten Brille. Ich kann nicht verstehen, warum sie nicht von den anderen Blaumännern umschwärmt wird. Fast kommt mir der Gedanke, dass sie nur für mich so unwiderstehlich ist, für die anderen überhaupt nicht. Wundern würde es mich kaum, andererseits ist es mir egal. Ich habe nur Augen für sie. Einige der Blauen stehen auf der Tanzfläche, weil die Musik eine Pause macht. Dann fängt eine Oldie-Hour an. Only You leitet sie ein und ich starte sofort durch, um Eva aufzufordern. Ich bin kein toller Tänzer, aber ein Tanz mit ihr nach dieser Melodie wird auch mir gelingen. Sie lächelt mir zu und antwortet sofort auf meine Anfrage: »Aber gern, Frank«

Sogar meinen Namen hat sie behalten. Ich schwebe auf einer Wolke im siebten Himmel. Sie steht auf, sucht in dem schummerigen Licht nach meiner Hand und wir gehen, nein, schweben, zur Tanzfläche. Sie ist wie eine Feder in meinen Armen und jeder Zoll eine tolle Frau. Ich habe überhaupt keine Schwierigkeiten. Sie lässt sich bedingungslos führen. Alles, was ich früher einmal in der Tanzstunde gelernt habe, fliegt mit heute zu. Die Musik geht nicht in mein Ohr und dann in die Beine, sondern direkt ins Bein. Ich bin so was von weg, es ist wie im Traum. Sie schmiegt sich an mich und ich muss mich sehr beherrschen. Ich will ja nicht direkt mit ihr ins Bett. Ich will erst eine Zeitlang im Himmel auf Wolke Sieben schweben. Und dann für immer. Ich bin wieder überrascht, so denke ich doch sonst nie! Eva redet nicht. Sie hat die Augen geschlossen und tanzt perfekt mit mir, der ebenfalls perfekt tanzt. Ein Wunder! Eigentlich kann es ewig so weitergehen, aber selbst die längste Serie ist irgendwann zu Ende, so ist es auch hier. Wir stehen auf der Tanzfläche und sind bald allein. Ich führe sie zur Bar und bestelle den Cocktail, den sie sich wünscht, und mir einen Rotwein.

»Das war wunderschön! So habe ich aber schon lange nicht mehr getanzt. Danke, Frank. Wirklich.« Sie küsst mich schnell und zart und trifft mein Ohr.

»Ich weiß nicht, wie mir geschah. Eigentlich kann ich überhaupt nicht gut tanzen. Ich habe geglaubt, zu schweben. Wie auf einer Wolke. Es war toll und es liegt an dir, da bin ich mir sicher.«

»So, jetzt ist es aber genug! – Erzähl mal. Warum bist du eigentlich hier?«

»Ja, ich habe schon gemerkt, die meisten sind wegen einem Familienmitglied, Freund oder Bekanntem hier, der ertrunken ist. Ich nicht. Außer meinen Eltern, die bei einer Kreuzfahrt ums Leben gekommen sind, habe ich keine Verluste durch das Meer erlitten.«

»Neulich war eine Sendung im Radio über das mysteriöse Verschwinden von Passagieren auf Seereisen, "Gute Reise" hieß die, glaube ich. War ganz interessant, aber eine Lösung des Rätsels wurde nicht gefunden.«

»Ja, wir, mein Bruder und ich, wurden damals oft zu diesem Thema befragt. Jetzt haben wir uns damit aber abgefunden. Das Kapitel ist für mich erledigt und abgeschlossen.«

»Und woher kennst du dann Harald?«

»Wir haben uns auf der Messe in Hannover getroffen. Der Werbegag unserer Firma, Service 2000 ●, in Worten: Service zweitausend – Punkt, war der Spruch "Wir bringen Sie in den grünen Bereich und Sie machen Blau" und ich war der blaue Kunde in Blau. Wir hatten dadurch sogar den Gründer einer Blauen Partei, oder so was ähnliches, auf dem Stand. Harald wurde auch damit angelockt. Später habe ich ihn auf dem Flug getroffen, mit dem ich hier hin kam.«

»Das finde ich gut, dass du dich in unsere Aktion verirrt hast. Bei mir ist es leider so, wie bei vielen anderen. Vor ein paar Jahren ist ein guter Freund von mir in La Palma von einer dieser Monsterwellen erwischt worden. Er hatte sie nicht kommen sehen, weil er sehbehindert war und ist darin ertrunken. Später habe ich dann von Harald Bonns Aktionen gehört und mache seitdem mit, wenn es sich gerade so ergibt.«

»Das tut mir aber leid. Aber von Monsterwellen hier auf den Kanaren habe ich ja noch nie etwas gehört.«

»Da geht es dir wie vielen Badenden. Die kommen ganz plötzlich und vorher bemerken kann man sie auch nur ganz selten. Sind schon echt gefährlich.«

»Und was machst du sonst so? Du bist doch aus Frankfurt?«

»Ich lebe im Moment in Frankfurt, weil ich in einem Call Center für eine Rechtsschutzversicherung arbeite. Ich habe Jura studiert und da passt das gerade. Neulich hatte ich sogar einen Fall aus deiner Firma. Ein Bauarbeiter, der für ein Subunternehmen für Service 2000 • arbeitete, ziemlich verzwickt, das alles vorschriftsmäßig zu sagen, war mit einem Lastenaufzug zu Gange. Er wollte Steine von oben nach unten befördern. Das Seil hatte sich verhakt, er griff an das Seil, blieb mit dem Handschuh daran hängen und wollte deshalb die Winde stoppen. An der Winde funktionierte aber die Bremse nicht und die Steine sausten herab. Der Mann im Handschuh am Seil wurde nach oben gehievt. Als die Steine unten ankamen, platzte der Behälter, die Steine fielen heraus und das leere Seilende sauste wieder nach oben. Der Mann, immer noch am Seil, bewegte sich nach unten. Dabei brach er sich Rippen und den Arm, als er aufschlug. Schürfwunden hatte er auch. Jetzt wollte er die Herstellerfirma der Winde verklagen und fragte uns, ob wir den

Fall übernehmen. Jetzt prüfen meine Kollegen in der zuständigen Abteilung den Fall. Fast witzig, oder?«

»Das hört sich ja an, wie aus dem Drehbuch für einen Otto-Film.«

»Unter anderem auch wegen dieser seltsamen Fälle habe ich jetzt im Call Center gekündigt und bevor ich etwas anderes anfange, mache ich hier ein paar Tage Urlaub.«

»Ein Glück. Etwas Besseres konntest du auch nicht machen. Wie hätte ich dich denn sonst kennen lernen können?«

»Ach, hier gibt es doch so viele nette Frauen. Du hättest schon etwas gefunden. Bist du denn auf der Suche?«

»Jetzt nicht mehr. Das entspricht ja nicht gerade dem normalen Ablauf eine Beziehungsanbahnung, aber ich kann gar nicht anders. Ich habe mich in dich verliebt und zwar ziemlich heftig. Du gehst mir überhaupt nicht mehr aus dem Sinn.«

»Ach, Frank, das habe ich nicht gewollt. Kannst Du mir noch einmal verzeihen.« Sie lächelt verführerisch, zieht meinen Kopf zu sich und gibt mir einen Kuss auf die Lippen. Der geht mir wieder durch und durch. Ganz gleichgültig kann ich ihr nicht sein. In diesem Augenblick ruft einer hinter uns:

»Könnt ihr beiden nicht wo anders turteln, ihr seid ja schon blau«, und lacht sich kaputt über diesen grandiosen Witz. Er ist der angetrunkene Anführer einer ganzen Truppe, die alle einen Platz an der Theke haben wollen und anscheinend, dem Aufdruck auf ihren T-Shirts nach, alle zu dem Kegelklub "Alle Neune im Revier" in Bochum gehören. Eva rutscht von ihrem Hocker und meint, wir wollten sowieso gehen und macht ihnen

Platz. Ich bin nicht ganz dafür, glaube aber, sie hat noch etwas mit mir vor und stehe auch auf. Unsere Getränke lasse ich auf mein Zimmer schreiben. Die grölenden Kegler besetzen die Bar. Eva nimmt mich an die Hand und flüstert mir zu:

»Kannst Du mich noch zu meinem Zimmer begleiten? Bitte.«

»Na klar, willst du denn schon gehen?«

»Ja, ich habe morgen etwas vor und will noch ein bisschen schlafen.«

Ich drücke sie an mich und dann gehen wir los. Sie wohnt im dritten Stock und bis wir vor ihrer Tür stehen, haben wir uns einige Male geküsst, gestreichelt und uns tiefgründige Liebesschwüre zugeflüstert. Wie Teenager. Irgendwann sind wir da und Eva schließt auf.

»Es war ein sehr schöner Abend mit dir, Frank. Ich werde ihn so schnell nicht vergessen.«

»Eva, ich will eigentlich noch gar nicht gehen. - Treffen wir uns denn morgen? Bitte!«

»Ich werde sehen, was..«

Sie stockt und sieht plötzlich ganz verstört aus und hält sich die Hand vor den Mund, als wollte sie sich selbst das Wort verbieten. Dann fängt sie sich und fährt fort, »... ich melde mich bei dir. Versprochen. Denk an mich und gute Nacht.« Sie fasst mit beiden Händen meinen Kopf und gibt mir einen letzten, vielsagend langen Kuss. Ich bin ganz hin und weg. Bevor ich wieder die Augen aufgemacht habe, ist sie schon fast in ihrem Zimmer verschwunden und ich stehe ganz benommen auf dem Gang. Dann geht die Tür noch einmal einen Spalt weit auf und sie flüstert: »Es war sehr schön mit dir und ich habe dich auch sehr gern. Schlaf gut, Frank.« Frank haucht sie fast nur noch und schließt die Tür wieder. Ich bleibe noch cine Weile stehen, aber es tut sich nichts mehr. Trotzdem schwebe ich fast wieder, als ich mich auf den Rückweg mache. Mit Eva war alles ganz anders als mit den Frauen bisher. Tanzen konnte ich mit ihr, als wäre ich geborener Turniertänzer. Sie sah immer nur mich an, kümmerte sich nicht um andere Frauen, kritisierte nicht deren Aufmachung, Kleider, Gang oder sonst etwas. Seltsamerweise kam ihr aber auch kein anderer in die Nähe. Sollte das Klischee stimmen, dass wunderschöne Frauen seltener angequatscht werden, weil sie so unerreichbar scheinen oder schon für vergeben gelten? Mir war das jetzt egal. Sie schien nur mich wahrzunehmen und das ganz intensiv. Ich bin einfach hin und weg, wenn ich auch nur an sie denke. Mich hat es unzweifelhaft erwischt und zwar ganz gewaltig. Ich will mich nicht unter die besoffenen Kegler mischen und gehe deshalb die paar Schritte durch die klare Nacht in mein Hotel zurück und auf mein Zimmer. Ich treffe keinen von den Blausandleuten mehr. Harald sehe ich auch nirgends. Morgen ist auch noch ein Tag. Meine Gedanken kreisen solange um Eva, bis ich dann doch einschlafe.

♥11

Am nächsten Morgen gehe ich gleich nach dem Frühstück an den Pool. Einige Blaumänner laufen und sitzen schon herum. Die Blaufrauen sind noch in der Maske, einige warten vor dem Zelt. Eva kann ich nicht entdecken, weder unter den blauen, noch unter den wartenden Frauen. Auch aus dem Zelt kommt sie nicht, obwohl ich den Eingang längere Zeit überwache. Ich frage bei verschiedenen Aktionisten, aber keiner hat sie gesehen oder weiß, wo sie ist. Harald ist auch nicht aufzutreiben. Langsam werde ich nervös. Ist sie krank, hat sie die Aktion abgebrochen, was ist los? In ihrem Hotel erfahre ich, dass sie zwar noch eingecheckt ist, sich aber für drei Tage abgemeldet hat und morgens von einem Taxi abgeholt wurde. Mehr kann oder will man mir nicht sagen. Ich gehe wieder zurück zum Sammelplatz. Die Aktion ist bereits in vollem Gang und die einzelnen Gruppen marschieren an ihren Strandabschnitt. Ich gehe mit, weil ich hoffe, dort jemanden zu finden, der mir etwas Handfestes sagen kann oder wenigstens Harald zu treffen. Bis zum Mittag gelingt es mir nicht. Dann kommt Harald und erkundigt sich nach dem Erfolg der Aktion an unserem Stand. Ich schnappe ihn mir und bestürme ihn gleich mit Fragen:

»Harald, weißt du, wo Eva abgeblieben ist? Ich habe sie den ganzen Morgen noch nicht gesehen.«

»Wieso? Weißt du nicht, dass sie hier einen Operationstermin hat und nur deshalb bei uns mitgemacht hat?«

»Keine Ahnung, mir sagt ja keiner was. Was wird denn operiert und wo? Also in welchem Krankenhaus oder Klinik?«

Harald nimmt mich mit ernster Miene zur Seite.

»Frank, ich habe ja direkt gemerkt, dass du ziemlich in Eva verschossen bist. Hat sie dir nichts erzählt von ihrer Augenoperation?«

»Augenoperation? Ich verstehe nur Bahnhof. Kannst du mir das erklären?«

»Also das ist eine längere Geschichte und ich weiß auch nicht, ob das in ihrem Sinne ist.«

»Komm. Leg los, ich will es jetzt wissen!«

»Eva ist seit ihrem dreizehnten Lebensjahr blind. Ein Tumor, ein sogenannter Chiasmatumor, musste entfernt werden und dabei wurden die Sehnervenstränge getrennt oder verletzt und sie sieht seit dieser Zeit nichts mehr. Aber durch ihren eisernen Willen hat sie sich soweit angepasst, dass es kaum jemand bemerkt. Bei uns wird auch nicht darüber geredet. Sie will das nicht. Vielleicht hat sie dir auch nichts gesagt, weil sie ja weiß, demnächst sieht sie wieder.«

»Das gibt's doch gar nicht! Den ganzen Abend habe ich gestern mit ihr zugebracht und nichts davon gemerkt.«

»Beim Tanzen und Küssen ist es ja auch nicht ganz so notwendig.«

»Aber du wusstest Bescheid. Du hättest ja einen klitzekleinen Hinweis geben können. Vielleicht bin ich jetzt unbewusst in irgendein Fettnäpfchen getreten und alles ist aus.«

»Mach dir mal keine Gedanken. Das ist es bestimmt nicht.«

»Sie hat mich gebeten, alles für sie zu regeln. Ihre Eltern fallen aus. Sie hatten vor ein paar Tagen eine Rheinfahrt gemacht und sollten eigentlich hier sein. Aber der Noro-Virus hat sie auf dem Schiff erwischt und sie liegen in Koblenz in Quarantäne. Der Termin konnte nicht verschoben werden, da Dr. Estrellojo, der hier eine ziemlich einmalige Augenklinik betreibt, auch ziemlich gefragt ist.«

»Kann ich sie da besuchen? Wo ist die Klinik? Bringst du mich da hin?«

»Langsam, Frank, ganz langsam! Das sind viele Fragen auf einmal. Also erstens: Sie wird morgen operiert. Besuchen kannst du sie bestimmt, denn sie soll sehr schnell wieder fit sein. Das ist eine Hightech-Operation mit Laser und Mikrochirurgie. Blut fließt da keins. Zweitens: Die Klinik liegt in einem Vorort Richtung Puerto Rico, in der Nähe ist der Meloneras Golfplatz. Und drittens: Da kannst du mit einem Taxi hinfahren, denn ich habe keine Zeit und bin ganz froh, dass du das Besuchsprogramm anscheinend gern für mich übernimmst. Sie wird ja wohl auch nichts dagegen haben. Wie gesagt, ich habe euch beobachtet.«

»Danke Harald. Mir fällt ein Stein vom Herzen. Morgen fahre ich gleich morgens zu ihr. Du kannst hoffentlich hier bei der Aktion auf mich verzichten?«

»Klar, kein Problem. Du bist zwar unsere beste und einfachste Kraft, weil weder Schminktopf noch Seife bei dir vergeudet wird, aber zu diesem Kommando bist du hiermit abkommandiert.«

In meiner Begeisterung umarme ich ihn und haue ihm so kräftig auf den Rücken, dass er hustet und sich fast gewaltsam befreien muss.

»Bei Eva bist du morgen aber hoffentlich nicht so stürmisch. Das ist eine schwache Frau, die gerade eine Operation hinter sich hat.«

»Keine Angst, ich kann mich auch benehmen, wenn's sein muss.«

Das hat mich jetzt total umgehauen. Eva ist blind! Wie konnte ich nur nichts davon bemerken. Es muss etwas dran sein, an dem Spruch: Liebe macht blind. Noch schlimmer wird es offenbar, wenn beide blind sind. Ich kann es kaum erwarten, sie wieder zu sehen. Dann durchläuft mich eine Schockwelle: Sie sieht dann auch mich und ich habe ihr davon auch nichts gesagt. Aber, das buche ich zu meinen Gunsten, sie hat auch nicht gefragt. Warum sollte sie auch? Meine Begeisterung wird nun stark gedämpft, weil ich noch nicht weiß, wie ich aus dieser Nummer heil herauskommen werde. Aber dann gewinnt die Zuversicht wieder die Oberhand, dass ich ihr alles erklären kann und alles gut wird. Ich bete fast darum. Ich kenne mich überhaupt nicht wieder. Beten!

♥12

Ich verabschiede mich sofort aus der Aktion und mache mich gleich auf den Weg einen Leihwagen zu besorgen. Ich will die Klinik suchen und so schnell wie möglich bei ihr sein. Bei dem spanischen Autoverleiher ist man wieder erstaunt über mein Passbild, das doch so gar nicht mit der Wirklichkeit übereinstimmt. Dann besinnt sich eine Mitarbeiterin in dem Büro auf die Blausand-Aktion und schon bewundern die Damen mein perfekt geschminktes Gesicht. Sie sind erstaunt, was man in der Filmindustrie heutzutage leistet und vermuten ein neues deutsches Produkt. Den Deutschen trauen sie anscheinend alles zu. Ich bringe sie dann sofort wieder von der Passfrage ab, indem ich ihnen erkläre, es wäre, ganz im Gegensatz zu ihrer Vermutung, ein spanisches Make-up. Der Name wäre Estrella, wenn ich mich nicht täusche. Natürlich haben sie schon davon gehört, obwohl ich ihn gerade erst erfunden habe, und ein paar Minuten später fahre ich mit einem Renault Twingo vom Hof. Die Klinik finde ich dann auch irgendwann, zu Eva lässt man mich aber nicht. Nur ein gewisser Harald Bonn wäre von ihr ausdrücklich als einziger Besucher benannt. Sie würden aber eine Vollmacht, ausgestellt von Herrn Bonn und in Englisch oder Spanisch verfasst, anerkennen. Ich denke, nichts leichter als das und mache mich wieder auf den Weg, um mir von Harald diese Vollmacht zu besorgen. Da ich ihn erst nicht finden kann, ist es Nachmittag, bis ich endlich das Papier in meiner Hand halte. Sogar in spanischer Sprache. Den Weg zu Klinik kenne ich jetzt ja. Die Vollmacht wird akzeptiert, aber vor morgen ab 11 Uhr wäre kein Besuch möglich. Ich kann nichts anderes tun, als mich noch zu gedulden und sie dann am nächsten Tag aber endlich wiederzusehen und, das ist mir natürlich klar, sie mich dann auch. Mulmig ist mir bei diesem Gedanken schon, letztlich gewinnt die Zuversicht überhand, dass alles gut gehen wird. Ich freue mich riesig auf diesen Moment. Möglicherweise der vorläufige Höhepunkt unserer sehr kurzen Beziehung, die allerdings schlimmstenfalls sogar nur einseitig ist. Aber meine Hoffnung, sie zu einer wirklich schönen und intensiven Liebesbeziehung machen zu können, ist grenzenlos.

Den restlichen Tag verbringe ich wie in Trance. Ich esse irgendetwas und trinke auch etwas. Ich schalte den Fernseher auf dem Zimmer ein und gucke, keine Ahnung, was. Dann schlafe ich, unruhig und mit merkwürdigen Träumen von blauen Tieren, blauen Bäumen und blauem Gras. Blaue Menschen liegen an blauem Strand und grüne Wellen gehen am Horizont in grünen Himmel über. Jedes Mal, wenn ich aufwache, brauche ich eine gewisse Zeit, bis ich sicher bin, in keiner anderen Welt zu sein. Ich mache sogar immer extra das Licht an. Die Blauheit beschäftigt mich bis in meine Träume. Ist ja auch kein Wunder. Durch die besonderen Umstände hier, wurde dieser Punkt von meiner Umwelt nicht groß beachtet und als Besonderheit registriert. Ich habe ihn erfolgreich verdrängt und das alles wird am nächsten Tag über den Haufen geworfen. Die Folgen mag ich mir gar nicht vorstellen. Die Verdrängung, die ich so gut beherrsche, beginnt schon wieder von Neuem.

Der Tag beginnt irgendwann und der Augenblick der Wahrheit rückt näher. Endlich ist es kurz vor elf und ich stehe an der Rezeption der Klinik von Dr. Estrellojo. Ich erfahre, dass ich einen Moment warten möchte, bis die deutsch sprechende Schwester erscheint. In den Kliniken und Krankenhäusern von Maspalomas hat man sich auf die Überschwemmung von Touristen aus Deutschland eingestellt und bietet den vielen Patienten aus Alemania sogar einen deutschen Simultan-Übersetzungsdienst. Tatsächlich kommt sie auch sehr schnell und führt mich zu der Station, auf der die Patienten von Prof. Dr. Estrellojo liegen. Er ist also auch Professor, offensichtlich wirklich eine Kapazität. Sie versichert mir, dass alles sehr gut gelaufen ist und Eva bereits in ihrem Zimmer liegt. Die Augen sind zwar noch verbunden, aber in zwei Stunden könnte sie zum ersten Mal seit zwanzig Jahren wieder sehen. Da ist sie ganz sicher. Wir sind mittlerweile in einem Art Warteraum angekommen. Ein sehr gediegen eingerichteter Bereich mit Bildern an der Wand, die Motive von Gran Canaria darstellen. Eine Sitzecke um einen Tisch, auf dem Zeitschriften in Deutsch, Englisch und Spanisch liegen. Eine moderne Kaffeemaschine steht neben der Tür und durch das Fenster kann man auf den Golfplatz sehen. Wir setzen uns und sie erläutert mir das Besondere an der Operationstechnik, die bei Eva angewendet wurde. Ihre Augen sind ja voll funktionsfähig. Nur die Sehnerven waren unterbrochen und die Informationen gelangten nicht in das Gehirn. Ich soll es mir wie einen analogen Fotoapparat vorstellen, bei dem kein Film eingelegt ist oder einen PC, den man ganz normal bedienen kann und alles läuft wie gewohnt ab, es fehlt aber der Bildschirm. Bei Eva konnten deshalb die getrennten Nervenenden durch eine Laser-Verschweißung wieder verbunden werden. Es lief ganz unblutig ab, weil die Sonde durch die Nase eingeführt und die Verschweißung unter ständiger, sehr genauer Kontrolle durchgeführt wurde. Der Professor ist weltweit der Einzige, der diese Operationstechnik beherrscht, bei der ein Echtzeit-3D-Bild der zu operierenden Gehirnregion benutzt wird. Eva ist zwar nicht die erste Patientin, die in den Genuss dieser Methode kommt, aber bei ihr mussten alle vorhandenen Sehnerven wieder miteinander verbunden werden und das ist bisher einmalig. Sie wurde bei einer großen, weltweit durchgeführten Suchaktion ausgewählt. Diese Art der Operation ist natürlich erst in jüngster Zeit möglich geworden. Hauptsächlich dank der immensen Fortschritte auf dem Gebiet der medizinischen Darstellungs- und Untersuchungsmethoden durch zum Beispiel die Kernspin-, bzw. richtiger bezeichnet, Magnetresonanztomografie. Harald Bonn hatte sie auf diese Sache aufmerksam gemacht, weil er einige Male mit Prof. Estrellojo gegolft hatte. Ihre Eltern hatten sie ebenfalls sehr unterstützt und deshalb ist es besonders schmerzlich für alle Beteiligten, dass sie gerade bei diesem großen Augenblick, ganz buchstäblich gemeint, nicht dabei sein können. Die Schwester ist offenbar ebenso gespannt wie ich auf das Ergebnis und hält mich anscheinend für einen sehr guten Freund, der aber aus irgendeinem Grund den genauen Ablauf der Behandlung nicht kennt. Immerhin bin ich doch sehr tief berührt von der

Einmaligkeit der ganzen Sache und hoffe ganz inständig auf ein glückliches Ende von Evas Blindheit. Die Schwester kann gar nicht aufhören, von den Erfolgen ihres Professors zu reden. Ich versuche sie zu unterbrechen und frage, ob ich mir einen Kaffee machen kann. Sie merkt anscheinend, dass sie mich jetzt genug informiert hat, hilft mir die richtigen Knöpfe und Tasten zu drücken, macht sich auch einen Cappuccino und nachdem wir nun, da alles gesagt ist, ziemlich wortlos unsere Tassen geleert haben, führt sie mich endlich zu dem Raum, in dem Eva liegt. Für ein Krankenzimmer ist es ein sehr schöner Raum. Die Wände in einem leichten Orangeton gehalten, die Möbel aus hellem Holz und ein großes Fenster, wieder mit Blick auf den Golfplatz und das Gebirge im Hintergrund. Die Schwester stellt die Jalousie so ein, dass das Licht stark gedämpft wird und ich gehe zum Bett von Eva. Es ist nicht so schmal, wie man es sonst aus Krankenhäusern kennt, sondern fast ein Doppelbett, passend zu ihr in Queensize. Sie liegt genauso da, wie ich mir immer Schneewittchen vorgestellt habe. Wunderschön, ihr schwarzes Haar um ihren Kopf herum auf dem Kissen verteilt. Nur die Maske über ihren Augen stört vorerst das perfekte Bild. Ich ziehe mir einen Stuhl an das Bett und suche ihre Hand, die auf dem blütenweißen Laken liegt. Das Zimmer wimmelt nicht von den eigentlich erwarteten zig Instrumenten, die alle Lebensäußerungen in Kurven und blinkenden Lämpchen darstellen. Ein einziges Gerät ist neben ihrem Bett aufgestellt und eine Leitung führt von einer Klammer an ihrer anderen Hand zu diesem Instrument. Es zeigt offensichtlich den Blutdruck und den Puls Evas an und mir fällt auf, dass der Herzschlag sich leicht erhöht, als ich ihre Hand berühre. Die Schwester sagt, sie schläft zwar noch, registriert aber schon etwas von ihrer Umwelt. Sie will mich jetzt allein mit ihr lassen, aber ab und zu einmal hereinschauen. Sie erwarten, wie sie sagt, aber keinerlei Komplikationen. Sie soll die Maske aber noch mindestens eine Stunde nicht lüften und nicht aufstehen, da sich ihr Gleichgewichtssinn erst auf die neuen Informationen einstellen muss, die ihre Augen dann liefern. Das leuchtet mir ein, aber ich bin auch froh, sie jetzt die ganze Zeit ungestört bewundern zu können. Ich bin glücklich neben ihr zu sitzen, aber auch überaus gespannt und richtig nervös bei dem Gedanken daran, wie sich alles Weitere mit uns entwickelt. Im Moment kann ich sie in aller Ruhe und bei mir noch nie gekannter Zärtlichkeit betrachten. Sie ist braun gebrannt, aber man sieht, dass sie darunter ein bisschen blass ist. Ihre Ohren sind absolut perfekt, die Ohrläppchen auch nicht durchlöchert. Das rechte Nasenloch ist etwas gerötet, wahrscheinlich wurde die Laser-Sonde dort eingeführt. Alles Sichtbare kann man nur göttlich nennen und das Unsichtbare ist es auch, da bin ich mir sicher. Der Atem geht regelmäßig und der Puls ist normal. Ich warte und bewundere. Hin und wieder streichle ich ihr über die Stirn, die Wangen und die Schultern. Die dünne Decke verhüllt ihre atemberaubende Figur kaum. Viel hat sie nicht an, denn nur zwei dünne Träger laufen über ihre Schlüsselbeingrübchen. Eine Göttin! In diesem Augenblick, meine Göttin. Es ist angenehm warm, nicht so heiß, wie es bei der Außentemperatur zu vermuten wäre und nicht so kalt, trotz laufender Klimaanlage. Ich rede nicht. Sie liegt ja nicht im Koma und ich möchte sie nicht zu früh wecken. Hin und wieder schaut eine Schwester herein, lächelt mir zu und verschwindet wieder.

Dann, nach einer gefühlten Ewigkeit, die in Wirklichkeit vielleicht eine halbe Stunde ist, zuckt sie mit der Hand. Die andere Hand, an der das Kabel hängt, bewegt sich auch und steuert etwas stockend den Kopf an. Ihre Lippen bewegen sich und sie fragt mit leiser Stimme:

»Wo bin ich? Warum sehe ich nichts? Hat es nicht geklappt?«
Bevor ich antworten kann, redet sie weiter.

»Schön, dass du da bist, Frank. Wirklich, ich bin froh nicht allein hier zu sein.«

»Eva, alles ist in Ordnung. Du hast noch eine Maske auf, damit du dich ganz langsam an die Helligkeit gewöhnen kannst. Woher weißt du, dass ich es bin?«

»Du hältst doch meine Hand, das fühle ich und außerdem erkenne ich dich an deinem Aftershave.«

»Toll, das klappt ja. - Ich habe Harald überredet und jetzt bin ich hier. Du siehst gut aus, mach dir keine Gedanken.«

»Ich fühle mich auch gut. Wegen mir kannst du den Verband abnehmen. Ich kann es kaum erwarten.«

In diesem Augenblick kommt die Schwester zur Tür herein, gefolgt von der Übersetzungsschwester. Sie freuen sich, dass Eva wach ist. Die Krankenschwester kontrolliert das Gerät und nimmt die Klammer ab. Die andere sagt dann, Prof. Estrellojo ist noch in Las Palmas. Er wurde bei der Rückfahrt nach

Maspalomas in einen Unfall verwickelt und muss sich im dortigen Krankenhaus behandeln lassen. Sie können nicht sagen, wann er kommt. Die Schwester hat deshalb viel zu tun und wird uns in den nächsten zwei Stunden alleine lassen. Da keine Komplikationen zu befürchten sind, könnten wir in einer halben Stunde die Maske abnehmen, aber Eva dürfte noch nicht aufstehen. Sollte mir etwas Ungewöhnliches auffallen, könne ich mich melden und bekäme sofort Hilfe. Sie bittet uns um Verständnis und ganz geschäftig verschwinden beide wieder.

»Dann wollen wir es uns so lange gemütlich machen. Aber du guckst auf die Uhr. Länger als eine halbe Stunde will ich jetzt nicht mehr warten.«

»Keine Angst, ich kriege das schon hin.«

»Zum Glück muss ich nicht ganz alleine hier liegen. Meine Eltern sind nun leider ausgefallen und sonst weiß doch keiner von meiner Operation.«

»Ich war auch total überrascht. Du hast dich ja gut getarnt, aber du wirkst aber auch so sicher, dass ich überhaupt nicht auf Idee kam, du hättest Sehprobleme.«

»Tanzen kann ich ja auch blind. – Und küssen auch.«

Sie lacht dabei und mir wird wieder ganz warm ums Herz. Ich beuge mich zu ihr und küsse sie direkt auf den Mund. Sie wehrt sich nicht, ganz im Gegenteil. Ich kann die Operationskunst des Professors nur bewundern. Kaum erwacht, ist Eva schon wieder in der Lage, lange Zungenküsse zu tauschen.

»Bin ich denn immer noch blau?«, fragt sie plötzlich. Ich erschrecke richtig.

»Nein, natürlich nicht. Du bist so braun, wie man eben nach zwei Wochen hier ist, wenn man deinen sagenhaften Teint hat.«

»Ich kann mir nicht vorstellen, dass ich je wieder bei den Blausand-Aktionen mitmachen werde, wenn ich nicht mehr blind bin. Den ganzen Tag in Blau herumlaufen. Das muss ich echt nicht haben.«

Mir wird immer flauer. Ich überlege fieberhaft, ob ich ihr jetzt alles sagen soll.

»Von Kaffeeverbot war ja nicht die Rede, oder? Kannst du mir etwas zu trinken besorgen. Es darf auch Wasser sein. Du kannst dir ja auch was holen. So lange haben wir noch Zeit.«

Ich beeile mich, ihr zuzustimmen und mache mich sofort auf den Weg. In dem Warteraum finde ich Gläser, Tassen und Wasser. Ich mache mir einen Kaffee und bringe Eva eine Flasche stilles Wasser mit. Für Kaffee ist es sicher noch zu früh für sie. Als ich mit dem Ellenbogen die Tür aufmache, ruft sie mir schon entgegen.

»Wie lange muss ich noch warten?«

Ich stelle die Sachen auf den Nachttisch und werfe einen Blick zur Uhr.

»Noch zehn Minuten. Willst du noch jemand anrufen?«, frage ich, auch um zu erfahren, ob es jemand gibt, der ihr wichtig ist.

»Nein, meine Eltern sind ja auch im Krankenhaus und den Freund, der im Meer von La Palma ertrunken ist, kann ich leider nicht mehr anrufen.«

144

Eine Welle von Traurigkeit huscht über ihr Gesicht, aber nur kurz. Die Vorfreude gewinnt schnell wieder die Oberhand.

»Dann können wir ja gleich mit dem Countdown beginnen. Wie hell ist es hier drin?« Sie ist wieder ganz konzentriert.

»Die Jalousien sind so gestellt, dass es etwas dämmrig ist. Ich glaube, das ist auch besser so für dich. Ich bin auch schon ganz aufgeregt. Wie muss es dir erst gehen?«

»Eigentlich bin ich jetzt ganz ruhig. Lampenfieber hatte ich gestern. Jetzt bin ich ganz gefasst, weil ich glaube, alles wird gut.«

»Ich kann es eigentlich immer noch nicht glauben. Aber zum Glück muss ich mich auch gar nicht an deinen Zustand gewöhnen. Gleich ist er ja Vergangenheit.«

Die Gegenwart ist mir aber doch nicht so geheuer. Jetzt kann ich ihr ja wohl kaum noch mit meiner Blaumanngeschichte kommen.

»Los zähl jetzt und kriege ja nicht das Zittern beim Abnehmen der Maske, denk einfach es wäre ein BH.« Wieder lacht sie. Ich bin aufgeregt. Gespannt. Ziemlich besorgt, wie sie reagiert, wenn sie mich sieht. Aber auch sehr, sehr glücklich, dass ich in diesem Moment bei ihr sein darf. Eigentlich kann ich es immer noch nicht mit den richtigen Worten beschreiben.

Eva wird wieder ernst.

»Kannst du dir vorstellen, wie es in mir wirklich aussieht? Ich lache und albere hier rum, in mir drin ist aber die Hölle los. Meine Gemütslage spielt sich momentan wie auf des Messers Schneide ab. Wenn ich sozusagen normal bin, so ist das die

145

Überspielung einer höchst angespannten Nervenbelastung. Das kannst du dir eigentlich gar nicht vorstellen. Zwanzig Jahre nichts sehen. Keine Sonne, keinen Mond, keine Sterne, keine Blumen, keinen Himmel, keine Mutter, keinen Vater, einfach niemand. Ich habe blind die Schule beendet, studiert, Examen bestanden, meinen Job gemacht, einen guten Freund verloren und dich kennengelernt, wenigstens ein bisschen. Es ist fast so wie bei der Mondlandung: Für die anderen Menschen nehme ich nur meine Sonnenbrille ab, aber für mich ist es eine totale Wiedergeburt. Ich glaube ich brauche jetzt einmal fünf Minuten Ruhe, um mich auf den großen Moment vorzubereiten. Sage einfach gar nichts. Bitte!«

Ich kann sie sehr gut verstehen. Das alles geht einem sicher an die Nieren. Vorstellen kann ich es mir tatsächlich nicht so gut. Gerade noch seit Jahren blind und fünf Minuten später wieder sehend. Einfach unvorstellbar. Für sie ist es Wirklichkeit und ich bin dabei. Schon bei dem Gedanken daran überkommt mich eine Gänsehaut. Das ist Emotion pur. Für mich ein bisher selten erlebtes Ereignis. Früher hätte ich Gefühlsduselei dazu gesagt.

♥ 13

Die fünf Minuten sind für sie nun um. Eva gibt, ohne langes Zaudern, jedoch mit leicht belegter Stimme, den alles entscheidenden Befehl zum Handeln.

»So, ich bin soweit. Kannst Du mir die Maske jetzt abnehmen? Aber gaaanz langsam.«

»Okay. Schließe bitte die Augen noch ein paar Sekunden. Du sagst aber sofort, dass wir eine Pause machen, falls dich irgendetwas stört. Die Jalousien sind fast geschlossen. Ich glaube, es ist richtig so und nun lege ich los.«

Sie hebt den Kopf etwas und ich mache den Klett-Verschluss auf und ziehe die Maske vorsichtig zur Seite. Sie hat die Augen geschlossen. Dann beginnen die Lider zu flattern und langsam öffnen sie sich. Sie hat helle grau-blaue Augen. Das hätte ich nicht gedacht. Bei ihr sieht es aber sehr gut aus.

»Frank, ich kann es nicht fassen. Ich sehe. Ich sehe dich. Ich sehe die Decke und die Wand. Ich wage gar nicht, den Kopf zu bewegen.«

»Bleibe doch erst einmal in dieser Position, bis du dich an alles gewöhnt hast.«

»Du siehst genau so aus, wie ich mir dich vorgestellt habe. Mein Tastsinn ist doch besser, als ich geglaubt habe. Komm' bitte ein bisschen näher. Ja, so. Jetzt kann ich dich sehen, riechen und fühlen. Wunderbar.«

Sie fasst mit beiden Händen in mein Haar und zieht mich ganz zu ihr und küsst mich mit einer Inbrunst, die ich bisher noch nicht erlebt habe.

»Das musste jetzt sein. Ich bin ja so glücklich.«

»Mir geht es nicht anders, Eva.«

»Da ja niemand da ist, der uns daran hindern kann, machen wir weiter im Programm. Jetzt drehe ich langsam den Kopf zum Fenster. Ich sehe das Licht durch die Jalousieschlitze fallen. Ich sehe die Heizkörper, das Gerät neben dem Bett, das Bild an der Wand. Ich kann aber noch nicht genau erkennen, was es darstellt. Es scheint aber eine Blume zu sein. Sie ist noch etwas unscharf, aber ich glaube, es wird schon besser.«

»Übertreibe bitte nicht. Ich meine, du solltest wieder eine kleine Pause einlegen. Es ist das Bild einer Rose.«

»Ich habe überhaupt keinen Zweifel, dass alles in Ordnung ist. Kannst du die Jalousie ein kleines bisschen verstellen, damit es heller wird?«

»Okay, aber nur ein ganz kleines Stück. So?«

»Ja, ich kann jetzt die Blume, also die Rose, besser erkennen.«

»Toll find ich das. Du siehst! Ich freue mich für dich. Wirklich!«

»Ich darf ja nicht aufstehen. Lege dich doch bitte zu mir aufs Bett.«

Und schon hebt sie die Decke etwas an. Ich überlege nicht lange und lege mich zu ihr. Erstens kann ich kaum noch vernünftig denken und zweitens kann ich mir nichts Schöneres vorstellen, als so nah bei ihr zu sein. Jeder Quadratzentimeter von mir, der mit ihr in Berührung ist, brennt förmlich. Sie dreht den Kopf wieder zu mir und unsere Lippen finden fast automatisch zusammen.

»Es tut so gut, jetzt nicht allein zu sein und ich bin so froh, dass du es bist, Frank.«

»Eigentlich kann ich überhaupt nichts mehr sagen. Ich will hier gar nicht mehr weg von dir.«

»Brauchst du auch nicht. Wenigstens bis der Arzt kommt.«

Sie lacht ganz nah an meinem Ohr und sofort breitet sich eine Gänsehaut über meine ganze rechte Gesichtshälfte aus. Ich lege meine Hand unter der Decke auf ihren Körper. Es fühlt sich gut an. Meine Finger bewegen sich auf ihrem Bauch und ich erfühle die Nabelkuhle. Langsam und zärtlich bewege ich die Hand auf ihrem Körper weiter nach oben. Sie atmet ganz ruhig und ich spüre den Luftzug an meiner Wange. Als ich ihre Brust berühre, zucke ich etwas zurück, aber sie nimmt meine Hand und hält sie fest. Ich streichle über ihre Brustwarze und fühle, wie sie sich aufrichtet und hart wird.

Sie flüstert:

»Zieh mir doch endlich dieses Hemd aus.«

Es gibt ein bisschen Gerangel, aber kaum habe ich es ihr über den Kopf gestreift, macht sie sich an meinem T-Shirt zu schaffen und dann greift sie zur Gürtelschnalle. Ich helfe ihr und ruck, zuck liegen wir nackt nebeneinander. Wir küssen uns. Die Lippen wandern über ihren ganzen Körper, saugen sich fest und wandern weiter. Ihr Atem geht schneller und in ein leichtes Stöhnen über. Ihre Hände streicheln über meinen ganzen Körper und sie murmelt:

»Ist das alles für mich?«, und dann, »Ja, ich will es! Du musst jetzt etwas tun, ich darf mich ja nicht aufsetzen.« Sie gluckst wieder vor sich hin. Mittlerweile ist die Decke heruntergefallen. Meine Zunge erkundet die köstlichen Geheimnisse in allen Winkeln ihrer Goldgrube. Sie stöhnt, biegt sich mir entgegen, zieht meinen Kopf zu sich hoch und ich finde glücklich Evas Goldader. Denken kann ich nicht mehr. Höre nur ihr lustvolles Stöhnen und ihre kleinen Schreie, als die Wellen der Lust durch ihren Körper wogen. Ich bin nicht mehr in der Lage irgendetwas klar zu erkennen. Ich weiß nur, so war es noch nie und bald schlägt alles über mir zusammen und gemeinsam kommen wir zum Höhepunkt. Nach einiger Zeit erwacht wieder mein Bewusstsein und Eva liegt lächelnd neben mir. Sie drückt mich fest an sich und hält mich fest. Nach einer kurzen Verschnaufpause fängt alles noch einmal an. Nur etwas ruhiger. Sanft lassen wir uns gehen und es ist fast noch schöner als die unbändige Gewalt der Lust vom ersten Mal. Nach einer gefühlten halben Stunde erwachen wir aus unserer schönen Trance. Sie küsst mich immer noch und hat die Augen geschlossen. Ich mache mich sanft los und setze mich mit weichen Knien auf. Mir wird wieder bewusst, dass wir uns in einer Klinik befinden. Es war gerade wunderschön. Der schönste Augenblick, den ich bisher erlebt habe. Sie scheint zu dösen. Ihre Haut ist rosig und überhaupt nicht mehr blass. Ich lege die Decke wieder über sie und habe gerade mein T-Shirt angezogen, als die Tür aufgeht und die Schwester in Begleitung der Übersetzerin hereinkommt. Sie ist überhaupt nicht amüsiert und sagt ziemlich aufgebracht etwas zu uns. Die Übersetzung folgt auf dem Fuß. Ich solle mich von der Patientin verabschieden und gehen. Der Professor käme gleich und sie wollen nicht, dass das bekannt wird. Ich stiere sie anscheinend etwas verwirrt an, zerzaust bin ich ja sowieso. Sie weist mich forsch an, mich zu beeilen und in diesem Augenblick sehe ich die Kamera über der Tür. Wie konnte mir das nur passieren. Natürlich überwachen sie einen solchen Raum irgendwie stärker als ein normales Krankenzimmer. Ich laufe rot an. Eva merkt von alledem nichts, weil sie immer noch mit geschlossenen Augen tief und ruhig atmend in ihrem Bett liegt. Ohne Hemd zwar, etwas verschwitzt, aber selig lächelnd. Ich begreife jetzt alles, gebe Eva noch einen langen Kuss und stehe auf. Die Übersetzerin raunt mir noch zu, dass die Aufzeichnung bereits gelöscht ist und sicher nicht bei Youtube auftauchen würde. Die Schwester wechselt die Decke, lässt aber Eva schlafen, wie sie gerade ist, sozusagen im Evaskostüm, stellt die Jalousie wieder richtig und verschwindet aus dem Zimmer, ohne mich eines weiteren Blickes zu würdigen. Ich mache mich dann auch schweren Herzens auf, bedanke mich aber bei der zurückgebliebenen Übersetzungsschwester und zwinkere ihr zu. Sie zwinkert zurück und flüstert mir mit Verschwörermiene zu, dass ich morgen ja wieder kommen könnte. Ich sehe ein, Diskussionen führen jetzt zu nichts. Ich bin zwar nicht begeistert davon, Eva jetzt allein zu lassen, aber die Umstände sind für uns nicht günstig. Auf dem Weg zum Ausgang komme ich bei zahlreichen Schwestern und Pflegern vorbei und bei allen sehe ich, sie hatten ein paar schöne Minuten und viel Gesprächsstoff für die Pausen. Manche grinsen, einige heben kurz den Daumen, andere zeigen das Victory-Zeichen. Gestört hat es offenbar kaum jemand, die eine Schwester ausgenommen. Als ich durch die Tür gehe und mein Auto auf dem Parkplatz ansteuere, hält ein Taxi am Eingang und ein Mann mit einem vergipsten Arm in der Schlinge steigt umständlich und schwerfällig aus und humpelt dann ins Haus. Sein teuer aussehender Anzug ist ziemlich ramponiert.

14

Ab jetzt wieder in Vergangenheit. Alles ist mir natürlich immer noch sehr gegenwärtig, aber ich will mich nicht mehr ganz so gern daran erinnern.

Am Strand, den ich gleich nach meiner Ankunft im Hotel ansteuerte, war immer noch die Blausand-Aktion in vollem Gang. Entweder hatte man dort ein besonders dankbares Publikum, die Gefahren waren wirklich sehr groß oder die Aktivisten sehr von dem Strand angetan. Harald Bonn genoss seinen Erfolg und wanderte unermüdlich von Station zu Station und machte einen ziemlich aktiven Eindruck. Ich berichtete ihm kurz von Evas erfolgreicher Operation, und dass sie tatsächlich wieder sehen konnte. Ich nahm an, einige abschließende Untersuchungen wären noch notwendig und glaubte fest, dass sie am nächsten Tag die Klinik verlassen könnte, wenn alles weiter so glatt läuft wie bisher. Harald war sichtlich erleichtert über den Erfolg, besonders, weil er mich ja als Ersatzmann zu ihrer Begleitung geschickt hatte. Ich war ihm dafür sehr dankbar, erzählte ihm aber nichts von unserer unfreiwilligen Darbietung im Klinik-TV. Den restlichen Tag ließ ich an mir vorübergleiten, aß, trank und langweilte mich in der Hotelbar. Mit Gedanken war ich immer bei Eva und ich konnte es kaum ertragen, sie für mehrere Stunden nicht zu sehen.

Am nächsten Morgen bekam ich während des Frühstücks eine SMS von Eva. Sie bat mich, sie um zwei Uhr an der Klinik abzuholen. Bis um zwei zu warten, ging mir zwar gegen den Strich, aber wegen der Begegnung der besonderen Art in ihrem Zimmer wollte ich ihr nicht noch mehr Schwierigkeiten machen, falls sie welche dadurch hatte. Ich gesellte mich also wieder unter die blauen Aktivisten. Auch, weil ich mich als Blaumann in der munteren Schar aus Blaufrauen und ebensolchen Männern ganz wohl fühlte. Schon um ein Uhr fuhr ich los, kurvte noch etwas in der Umgebung der Klinik herum, sah mir den Golfplatz an und war um Punkt zwei auf dem Parkplatz. Eva saß schon angezogen auf dem Bett, als ich die Tür zu ihrem Zimmer öffnete. Sie umarmte mich gleich, wirkte aber etwas niedergeschlagen.

»Was ist los?«, fragte ich sie sofort, »Gibt es Schwierigkeiten?«

»Nein, nicht direkt. Aber der Professor meint, ich müsste mich so schnell wie möglich in Gießen in der Uni-Klinik nachbehandeln lassen. Mein Farbsinn ist nicht ganz so, wie erwartet.«

»Wie? Siehst du falsche Farben? Soviel ich weiß, werden Farben von jedem Mensch anders wahrgenommen.«

»Das stimmt, aber bei mir wäre der Effekt doch etwas zu stark abweichend. Er meint, man könnte es mit einem fehlerhaften Weißabgleich bei einer Digitalkamera vergleichen.«

Mir schwante etwas, aber sagen konnte ich auch in diesem Moment nichts. Jetzt wäre wieder eine Möglichkeit gewesen. Ich hatte sie aber wieder ungenutzt verstreichen lassen.

»Und warum musst du dich in Gießen behandeln lassen?«

»Prof. Estellojo hatte gestern einen Unfall, seinen Arm dabei gebrochen und einige andere Blessuren davongetragen. Er kann nicht operieren. Der Arzt in Gießen wurde aber von ihm ausgebildet und soll in der Lage sein, mir zu helfen.«

154

»Heißt das, du fliegst gleich nach Hause?«

»Sorry, Frank, aber das geht vor. Heute Abend geht mein Flieger und ich hoffe, du bringst mich zum Flughafen. Das machst du doch? Mein Ticket habe ich schon, da es ja sowieso so geplant war.«

»Natürlich. Vielleicht kann ich ja auch einen Flug nach Hause buchen und wir fliegen zusammen.«

Wir küssten uns ausgiebig. Die Schwester verdrehte schon wieder die Augen, als sie hereinkam und uns sah. Ich nahm das Gepäck und wir verabschiedeten uns vom Personal. Vor dem Lift begegnete uns dann sogar noch der Professor. Er verabschiedete sich auch von Eva, wünschte ihr alles Gute und wollte gerade gehen, als er mich entdeckte. Er sah von ihr zu mir und wieder zurück, schüttelte den Kopf und murmelte, wahrscheinlich, weil er sich gerade mit Eva auf Englisch unterhalten hatte, »Now I know why.« Für ihn war also das Rätsel des fehlerhaften Weißabgleichs gelöst. Für mich auch. Der erste Mensch, den Eva nach der Operation gesehen hatte, war ich und ich war blau. Da sie bis zu ihrem 13. Lebensjahr ganz normal sehen konnte, wusste sie, wie Menschen aussehen. Ihr Gehirn korrigierte das Bild, das von ihren Augen geliefert wurde mit den erwarteten Werten und schon war ihr Farbschema gestört. Als sehr technisch geprägter Mensch und mit den Informationen angereichert, die ich mir in den letzten Tagen im Internet besorgt hatte, kam mir das alles sonnenklar vor. Der Mensch ist eben auch nichts anderes als eine Graugans. Schon Karl Lorenz hatte herausgefunden, dass eine Gans alles für seiner Mutter hält, was sie zum ersten Mal sieht. Der erste Eindruck ist prägend fürs ganze Leben. Vielleicht kein ganz treffender Vergleich, aber hilfreich. Allerdings ist Eva keine Gans. Der Professor ließ es auf sich beruhen und wünschte ihr guten Flug und bat sie noch, auf jeden Fall sofort seinen Kollegen in Deutschland zu konsultieren, damit die Operation zu einem guten Ende kommen kann. Ich war froh, auch diese Hürde ohne Unfall genommen zu haben und wir verließen nun endgültig die Klinik.

Eva war kaum ansprechbar, zu viel gab es auf der Fahrt zu sehen. Ich fuhr einige Umwege und machte Abstecher ins Gebirge, ans Meer und an die Dünen. Eva war einfach hin und weg. Sie hatte überhaupt keine Beschwerden und das falsche Farbempfinden merkte ich mehr als sie. Ziemlich oft war sie verblüfft, wie anders sie das Blau des Himmels in Erinnerung hatte. Gerade hier fand sie die Farbe des Himmels und des Meeres zu blass, von sattem Azur keine Spur. Die Leute sahen ihr auch fast krank aus, so grünlich. Immerhin konnte ich diese Phänomene manchmal mit der Farbverfälschung der Autoscheiben erklären, aber immer ging es nicht, denn wir stiegen ja auch aus oder fuhren mit offenem Fenster. Erst als wir am Strand auf die Blausand-Leute stießen, war ihr Weltbild wieder halbwegs in Ordnung, denn sie sahen für sie ganz normal aus. Alle gratulierten ihr zu dem Erfolg und freuten sich mit ihr. Es dauerte eine ganze Zeit, bis sie Stimme und Gesicht jedes Einzelnen mit ihrem inneren Abbild der jeweiligen Person in Einklang gebracht hatte. Es ging aber trotzdem schneller und treffsicherer, als ich erwartet hatte. Irgendwann war jeder begrüßt und neu abgespeichert. Das Blausein und die Abweichung zu den anderen am Strand kam aber nie zur Sprache. Und das war auch gut so, für mich. Die Zeit verflog förmlich und bald ging die Begrüßung in eine Verabschiedung über. Um fünf waren wir endlich wieder im Hotel. Mittlerweile hatten wir uns doch wieder ziemlich aufgeladen. Es dauerte nicht lange und wir lagen eng umschlungen im Bett. Die Umschlingung löste sich recht bald und niemand machte uns bei unserer zweiten körperlichen Entdeckungsreise irgendwelche Vorschriften. Einzig die Uhr begrenzte unser wildes Liebesspiel. Um sieben machten wir uns auf den Weg zum Flughafen. Erhitzt, aber sehr glücklich. Ich hatte wenig Hoffnung einen Flug zu erwischen und so war es auch. Mein Gepäck hatte ich vergebens mitgenommen. Kein Flieger nahm mich an diesem Tag noch mit. Die erste Möglichkeit gab es am nächsten Tag um elf Uhr nachts, allerdings über München. Ich versprach Eva, diesen Flug auch zu nehmen und sie dann in Gießen zu treffen. Wir verbrachten die Zeit bis zum Abflug wie tausend andere. Wir warteten, küssten uns und flüsterten uns Liebkosungen ins Ohr. Es wäre schön gewesen zusammenzubleiben, aber der letzte Aufruf beendete irgendwann unsere Abschiedsumarmung. Mit feuchten Augen winkte sie mir, bis ich sie hinter dem Gate nicht mehr sehen konnte. Mir ging es nicht anders und ich musste mir auch die Augen trocknen. Ich verstand sie. Sie wollte so schnell wie möglich zur Behandlung nach Gießen kommen, bevor sich das falsche Bild der Welt bei ihr festsetzte. Sie wollte auch keinen

Tag länger warten, denn niemand wusste, ob sich durch eine Verzögerung die Chance, den Weißabgleich noch einmal durchzuführen, verschlechterte. Dieses Risiko wollte sie nicht eingehen. Nicht jetzt, nachdem die ganze Operation sonst so perfekt gelungen war.

Eva war weg und ich wieder allein. Kaum hatte ich meine Traumfrau kennengelernt, war sie auch schon wieder verschwunden. Immer noch hatte ich ihr nichts zu meiner Blauverfärbung gesagt. Der Zweifel, ob das für eine dauerhafte Beziehung die richtige Grundlage ist, nagte an mir und trieb mich in die Hotelbar. Wenigstens dort konnte ich mich im Moment unauffällig bewegen und wurde nicht darauf angesprochen. Die Scherze der anderen Gäste, die zum Beispiel der Barfrau Ratschläge geben wollten, den total blauen Typen keinen Alkohol mehr auszuschenken, konnten mich alleine nicht mehr treffen, denn sie galten ja allen anwesenden Blausand-Aktivisten.

Ich zählte schon die Stunden bis ich Eva wieder umarmen konnte. An diesem Tag war Mittwoch. Mein Flug ging am Donnerstag und bis ich in Gießen in der Uni sein konnte, war es Freitag. Wahrscheinlich konnte frühestens am Montag operiert werden. Ich wusste allerdings nicht, ob man das überhaupt Operation nennen konnte. Mit einem Weißabgleich bei Menschen hatte ich bis dahin noch nichts zu tun gehabt. Wahrscheinlich ging das aber vielen Leuten so.

Die Stunden bis zum Abflug vergingen mit den üblichen Dingen. Packen, rumhängen, verabschieden und wieder rumhängen. Die Nachtflüge sind einfach ätzend. Aus dem Hotel muss man raus und dann kann man sich mit dem ganzen Gepäck rumschlagen und letztlich verwartet man den größten Teil der Zeit. So ging es mir auch. Wenigstens hatte ich einen Leihwagen und konnte mich deshalb etwas entspannter mit der Warterei beschäftigen. Irgendwann wurde es tatsächlich 23 Uhr und der Flieger hob mit einer Viertelstunde Verspätung ab, Richtung München. Dann ging es immer so schneckenmäßig weiter. Mitten in der Nacht gab es keinen Flug, deshalb fuhr ich mit dem Zug nach Frankfurt, um wenigstens während der Warterei vorwärts zu kommen. Vom Flughafen zum Bahnhof war es ja nur ein Klacks, auch ohne den Stoiberschen Transrapid. Letztendlich war es Freitag Abend, als ich zu Hause in Rosbach ankam. Ich hatte mit Eva nur per SMS kommuniziert. Sie war mittlerweile in Wiesbaden bei ihren Eltern, die jetzt wieder zu Hause waren. Sie hatten sich nicht infiziert, sondern waren nur zur Sicherheit in Quarantäne geblieben. Die Operation sollte also tatsächlich am Montag Vormittag stattfinden. Der Arzt war ein Schwede, ein Dr. Kristof Oxenöga. Sie wollte, dass ich am Montag Morgen zu ihr nach Gießen komme, damit wir uns vor der Behandlung noch sehen konnten. Eigentlich war mir das nicht ganz so recht, weil sie dann womöglich noch in letzter Sekunde mein "falsches" Aussehen bemerken könnte. Ich hatte ja kaum noch Zeit, ihr das selbst zu sagen. Trotzdem sagte ich zu und freute mich natürlich, trotz allem, sie wieder zu sehen. Sie würde direkt von Wiesbaden kommen. Ihre Eltern hatten sie so sehr in Beschlag genommen, ein Entrinnen war ihr nicht möglich.

Mein richtiges Leben begann deshalb erst wieder am Montag Morgen um sechs. Die Operation, oder besser gesagt, die Umprogrammierung, war für zehn Uhr angesetzt und sollte ungefähr eine Stunde dauern. Ich wollte früh genug dort sein und war schon kurz vor acht auf der Autobahn. Hinter Ober-Mörlen war die Fahrt erst mal zu Ende. Als ich schon im Stau stand, kam die Meldung im Radio: Unfall bei Butzbach, Fahrtrichtung Gießen gesperrt, Räumung der Unfallstelle läuft, Stau bereits 3 km lang und Stauende liegt in einer Kurve. Toll, das war's dann. Als ich endlich in der Klinik ankam, lag Eva schon in der Vorbereitung und war für mich nicht mehr erreichbar. Allerdings hatte man ein Bonbon für die Angehörigen vorbereitet. Sie konnten sich die hoch komplizierten Apparaturen im Original vor Ort ansehen. Den Magnetresonanztomografen, die Überwachungs- und Anzeigegeräte, die Steuerzentrale und die Bildschirme, auf denen das 3-D-Bild des Gehirns dargestellt wurde. Eine Assistentin erklärte den Anwesenden, außer mir war noch ein Elternpaar einer weiteren Patientin da, die Vorgänge und verschiedenen Spezialmethoden, die in der heutigen Gehirnforschung und Behandlung angewendet wurden. Die Geräte standen in einem Rack, einem Gestell zur Aufnahme der einzelnen Elektronikeinschübe, das sehr an die Gerätschaften meiner ehemaligen Arbeitsstelle in der Chemieproduktion erinnerte. Mit einem fachmännischen Blick musterte ich die verschiedenen Anzeigeinstrumente, Schalter, Blinklampen,

LEDs, Drehknöpfe, Zahleneinsteller und die vielen Kabel mit ihren unterschiedlichen Steckern. Sofort kam wieder mein "Meisterblick" zum Einsatz und ich gab auch gleich und fast unbewusst meiner Schwäche nach, die etwas unordentlich geführten Kabel zu ordnen. Dazu war es aber notwendig bei einem Gerät in der untersten Reihe zwei Stecker zu lösen, die Kabel zu entwirren und wieder einzustecken. Das tat ich auch, als die anderen alle durch ein Fenster zu dem Tomografen blickten. Natürlich habe ich beide Kabel wieder mit den richtigen Buchsen verbunden, was auch nicht schwer war, denn Stecker und Buchsen waren entsprechend farblich gekennzeichnet. Die Führung war dann auch beendet, die Kabel wieder ordentlich geführt und wir wurden zurück in die Wartezone geführt. Dort erfuhr ich dann von der Verzögerung. Evas Behandlung war verschoben worden, weil eine andere Patientin wegen eines Notfalls vorgezogen werden sollte. Wie der genaue Ablauf geplant war, konnte man mir nicht sagen. Man empfahl mir ca. zwei Stunden Wartezeit einzukalkulieren. Ich entschloss mich, in die Stadt zu gehen und etwas zu essen. Gesagt, getan. In der Nähe befand sich ein amerikanisches Schnellrestaurant und ich entschied ohne langes zögern, dort einen Cheeseburger zu essen und in dem angeschlossenen McCafé einen Kaffee zu trinken. Ich wollte einfach keine Zeit verschwenden und in einem anderen Lokal erst auf die Bedienung, dann aufs Essen und zum Schluss noch auf das Bezahlen zu warten. Ich hatte noch einmal bei der Station angerufen und erfahren, dass es noch eine kleine weitere Verzögerung gegeben hätte, aber die Operation wäre jetzt für zwölf Uhr angesetzt. Mittlerweile war ich ziemlich nervös. Die ganze Verschieberei ging mir doch sehr auf die Nerven. Wenn das schon bei mir so war, wie wirkte es sich erst bei Eva aus? Ich hoffte, dass jetzt auch wirklich alles nach Plan läuft und ich sie dann endlich in absehbarer Zeit vollkommen geheilt abholen konnte. Als ich dann schon zum zweiten Mal heute vor der Klinik stand, bekam ich trotz aller Nervosität, aber auch Vorfreude, wieder meine Beklemmungen bei dem Gedanken an die Erklärung, die ich dann endlich abgeben musste. Ich ging davon aus, Eva kann alles farbgetreu sehen und damit auch mich exakt so wahrnehmen, wie ich nun einmal bin. So blau wie ein Blausand-Aktivist am Strand von Gran Canaria. Gerade hatte ich die etwas zu klein geratene Drehtür durchtrippelt, anders kann man das ja nicht nennen, als zwei Herren auf mich zukamen. Aus unzähligen Tatorts wusste ich instinktiv, das ist die Kriminalpolizei. Das Klischee stimmte. Sie zeigten ihre Ausweise und fragten mich nach meinem Namen. Ich sagte ihnen, ich wäre Frank Blumen und das war es dann. Sie nahmen mich fest. Sie sprachen ziemlich vage von einem Tötungsdelikt und führten mich, zum Glück ohne Handschellen, zu einem Streifenwagen, den ich vorher nicht bemerkt hatte. Ich war ziemlich verdattert und sauer, dass ich jetzt Eva nicht abholen konnte, sie überhaupt nicht gesehen hatte. Ich konnte mir eigentlich nur vorstellen, dass es eine unglaubliche Verwechslung sein musste, bezweifelte aber, dass es bei dem Bild, das man sich allgemein von dem langsamen Räderwerk der Behördenmühle macht, einfach wäre, die ganze Sache schnell aufzuklären.

Die Beamten in dem Streifenwagen sagten nichts und vielleicht wussten sie ja auch nicht, worum es eigentlich ging. Ich war wie gelähmt und ließ deshalb alles über mich ergehen. Ändern konnte ich sowieso nichts, wusste ich doch noch nicht einmal, was man mir konkret vorwarf. Die Maschinerie der erkennungsdienstlichen Erfassung lief an und ich hinterließ Fingerabdrücke, wurde fürs Verbrecheralbum fotografiert und dann in ein Vernehmungszimmer mit dem bekannten, von einer Seite durchsichtigen, Spiegel geführt. Auf dem Tisch stand ein Mikrofon und in zwei Ecken konnte man an der Decke die Kameras sehen, die das Geschehen im Raum aufnahmen. Man ließ mich warten. Wahrscheinlich ist das auch so eine bewährte Methode, die Verdächtigen weichzukochen oder sie hatten es mittlerweile von den Tatort-Sendungen kopiert. Endlich erschien einer der Polizeibeamten, die ich von der Klinik kannte. Er stellte sich als Hauptkommissar Robin Kübler vor und kam gleich zur Sache. Er klopfte gegen das Mikro, nannte die Namen der Anwesenden, das mutmaßliche Delikt und die Uhrzeit und legte los.

»Damit ihnen ganz klar ist: Sie sitzen hier wegen des Verdachtes auf fahrlässige Tötung einer jungen Frau. Das ist noch das harmloseste Delikt. Es kann auch Mord sein, vielleicht nicht als Mord geplant, aber billigend in Kauf genommen.«

»Wie? Wie kommen sie darauf? Ich habe überhaupt nichts gemacht. Weder Tötung, noch Mord, noch geplant, noch sonst was. Ich will sofort hier raus!«

»Das sagen alle, die hier sitzen. Sie bleiben hier und zwar so lange, bis wir alles geklärt haben. Immerhin gibt es ein Video. So einfach machen es uns die Täter nicht immer.«

Er sah mich an und ich war sprachlos.

»Ja, da sind sie jetzt sprachlos, was?«

»Ich glaube, sie müssen mir erklären was hier los ist. Ich weiß nicht, von was sie reden. Überhaupt nicht. Ehrlich.«

»Okay. Sie haben die Geräte in der Uni-Klinik manipuliert. Und zwar mit Absicht. Ihnen ist es gelungen, sich Zutritt zu den Räumen der Neurochirurgie zu verschaffen und haben dann ein Gerät so verändert, dass die Operation danach tödlich für die Patientin endete.«

Mir lief es jetzt aber wirklich eiskalt über den Rücken.

»Wie, Eva ist etwas passiert? Sie ist tot!?«

»Nein, vor der Operation von Eva Schöne wurde eine andere junge Frau behandelt und die hat ihren Mordanschlag leider nicht überlebt.«

»Sie sind doch verrückt. Warum sollte ich Eva etwas antun wollen? Ich liebe sie doch.«

»Gerade deshalb vielleicht?«

»Ich weiß nicht, was sie sich da zusammenreimen. Ich kann mir nur vorstellen, dass sie zu viele Krimis lesen. Das ist doch alles völlig aus der Luft gegriffen.«

»Lassen sie mich einmal darstellen, was ich denke und was wir ermittelt haben. Eigentlich liegt alles klar auf dem Tisch. Beziehungstaten folgen auch immer dem gleichen Schema. Diese Erfahrung haben wir von echten Fällen. Das Fernsehen oder Krimis brauchen wir dazu nicht, Herr Blumen.«

»Da bin ich aber gespannt.«

»Ihre Freundin, Frau Schöne, sollte operiert werden, weil sie an einer Farbverfälschung beim Sehen litt, nachdem man ihr in Spanien die Sehfähigkeit wiedergegeben hatte. Sie sah sie dadurch wie einen ganz normalen Menschen. Also farblich. Sie sind aber, warum auch immer, blau. Nach der Operation hätte sie es dann sicher gemerkt und die Gefahr bestand, dass Frau Schöne sie deswegen verlässt. Das wollten sie unbedingt verhindern und vertauschten dazu die vertikalen und horizontalen Steuerleitungen für die Laserkanone. Ich nenne das jetzt mal laienhaft so. Ihr Ziel war es, die Operation unmöglich zu machen, um dadurch Frau Schöne nicht zu verlieren. Wenn ihr Sehfehler nicht beseitigt wird, sieht sie auch nicht, wie sie wirklich aussehen. Ein besseres und klareres Motiv hatte ich selten in meiner Praxis.«

»Aber das ist doch völlig absurd. Ich weiß ja noch nicht einmal, was das für Geräte genau sind und welches für was zuständig ist. Und ich weiß deshalb auch nicht, welche Steuerbefehle die Kabel weiterleiten.«

»Immerhin sind sie ein Techniker und mit solchen Geräten vertraut. Nicht mit diesem, aber mit ähnlichen Systemen. Außerdem, und das ist ihnen entgangen, alles wurde per Kamera aufgenommen und damit sehr schön dokumentiert.«

»Ich sage jetzt überhaupt nichts mehr und verlange einen Anwalt.«

»Ach, sie gucken auch Krimis? Da klappt das, hier nicht. Sie gehen jetzt erst einmal in die Zelle, in Untersuchungshaft, und dann sehen wir weiter. Haben sie einen Anwalt? Wenn nicht, besorgen wir ihnen einen. Wir sind ja gar nicht so. Immerhin haben sie es uns ja sehr leicht gemacht.«

Er konnte mich anscheinend nicht leiden. Dummerweise glaubte er wohl, es mit einem ganz leichten Fall zu tun zu haben und freute sich schon auf die Lobeshymnen von der Presse. Ich hoffte, so weit würde es nie kommen. Im Moment konnte ich allerdings nur die Ruhe bewahren und tatsächlich warten. Auf den Anwalt, das Geständnis des wahren Täters oder auf irgendeinen Zufall, der den ganzen Schlamassel in einen bösen Traum nach dem Aufwachen verwandelt.

Die Zeit verging nur ganz langsam. Ich wurde in verschiedenen Räumen noch einmal verhört, mit einem Anwalt zusammengebracht, der sich alles anhörte und dann ziemlich uninteressiert wieder verschwand und mir empfahl, Ruhe zu bewahren und alles ihm zu überlassen. Er kam von einer Anwaltskanzlei in Gießen, die sich anscheinend nur ungern mit Pflichtverteidigungen abgaben. Seinen Rat hatte ich mir auch schon selbst gegeben, denn ich wusste ja, ich war unschuldig. Es war schon kurz vor zwölf, als ein Beamter von der JVA, also der Justizvollzugsanstalt, kam und mich zum Einschluss abholte. Von Eva hatte ich bis dahin noch gar nichts gehört. Resigniert trottete ich mit. Mein Begleiter konnte mich wohl auch nicht leiden, denn bei jeder Tür wurde ich erst zurückgehalten, dann wieder vorwärts geschubst. Insgesamt ging man mit mir überhaupt nicht zimperlich, sondern eher ruppig um.

Lediglich meinem einzigen Wunsch nach einem Schreibblock und Kugelschreiber kam man ohne Widerrede nach. Ich hatte ja jetzt erst mal Zeit und wollte die ganze Geschichte aufschreiben, um auch für mich etwas Klarheit zu schaffen. Mein Bewacher schloss die Tür auf und schubste mich ein letztes Mal in einen Raum, meine Zelle für die nächste Zeit. Er sagte noch ziemlich aggressiv und duzte mich dabei sogar:

»Hier kannst du lange sitzen. Hoffentlich so lange, bis du schwarz wirst.«

Ich dachte immer, dass die Justizvollzugsbeamten eher stoisch ihren Job machten. Meiner war aber anscheinend die Ausnahme. Allerdings ist die ja auch immer notwendig, um die Regel zu bestätigen.

»Das würde ihnen wohl gefallen? Ich komme hier raus und bin schwarz!« Ich hatte den Satz kaum ganz ausgesprochen, erklangen die Schläge einer Glocke von der Gefängniskapelle oder sonst einer Turmuhr zu uns herüber. Mir wurde augenblicklich heiß. Ich hatte wieder das Schicksal herausgefordert und nicht aufgepasst. Der Beamte merkte nichts von dem Schreck, der mir in die Glieder gefahren war, schloss die Tür hinter sich und verriegelte sie.

Ich sah mich um. Es gab eigentlich nichts zu sehen. Ein Tisch, ein Stuhl, ein Bord an der Wand, ein Bett, eine Toilette. Alles so, wie aus Film und Fernsehen bekannt. Meine Sachen hatte ich abgeben müssen und saß also ohne Gürtel, Handy und Geld hier und konnte nachdenken oder schreiben. Ich schrieb. In solchen Ausnahmesituationen kennt man sich ja selbst nicht. Ich wollte nicht in einen unendlichen Strudel von Denkprozessen, Verschwörungstheorien, Selbstbezichtigungen und am Ende auch noch in Selbstzweifel geraten. Ich dachte mir, das Beste wird es sein, sich innerlich zu strukturieren und was ist dazu besser geeignet, als alles chronologisch und genau aufzuschreiben. Also schrieb ich.

Am nächsten Morgen ging alles so weiter wie bisher. Ich wurde wieder verhört. Herr Kübler sah mich an, als hätte er mich noch nie gesehen. Er wischte sich über die Augen, sah zur Seite und dann wieder mich an. Irritiert blickte er auf seine Papiere, blätterte darin und fragte mich dann, ob ich morgens immer so aussähe.

»Wenn ich die Nacht nicht besonders gut geschlafen habe, sicher.«

»Ich meine ihre Hautfarbe. Waren sie gestern nicht blau?«

Mir schwante etwas. Hatte die Uhr also tatsächlich schon zum zweiten Mal bei mir zugeschlagen. Wieder konnte ich in einem Spiegel nichts davon sehen. Es war wirklich verhext. Wenn ich es nicht selbst erlebt hätte, würde ich es auch nicht glauben. Um ihm eine reinzuwürgen, antwortete ich deshalb:

»Wahrscheinlich haben sie auch eine Farbverfälschung. Wurde das bei der Aufnahmeprüfung in den Polizeidienst nicht bemerkt?«

Er sah mich sehr merkwürdig an und sprach diese Sache nicht mehr an. Ein kleiner Sieg, und sei er noch so klein, kann ganz schön aufbauend wirken. Immerhin teilte er mir mit, dass die Operation oder Behandlung bei Frau Schöne gelungen war. Das Einzige, was mir in diesem Augenblick einfiel, war, der Anfang meines Berichts entsprach schon nicht mehr den augenblicklichen Tatsachen, aber es stand jetzt so da und die wirkliche Farbe war ja auch eher sekundär. Ist schon merkwürdig, welche Nebensächlichkeiten einem in solchen Augenblicken durch den Kopf gehen, in denen sich vielleicht das ganze Leben radikal ändert. Kurz danach kam die Assistentin von der Klinik und musste noch einmal ihren Vortrag halten, möglichst genau so, wie gestern. Kübler wollte festzustellen, ob er irgendwelche Hinweise für mich enthielt, welches Gerät das richtige war, um es zu manipulieren. Das ging völlig daneben. Es gab dabei keinen brauchbaren und verwertbaren Hinweis. Sie wurde gefragt, ob sie mich wiedererkennt. Sie zögerte zwar etwas, sagte dann aber, ja. Der Kommissar befragte mich zu der Geschichte meiner Bekanntschaft mit Eva und war etwas verwirrt, als er die Bilder von dem Gran Canaria Event von Blausand mit den vielen blauen Aktivisten im Internet sah. Immerhin hatte die Polizei in Gießen einen Internetanschluss. Er hatte auch mit meiner Firma gesprochen und was er dort gehört hatte, passte seiner Meinung nach, ganz genau zu seiner Einschätzung der Dinge. Er fand, ich sei stark frustriert, weil ich unter dubiosen Umständen "freigestellt" war. Insgesamt hielt er mich weiter für den Täter, es fehlte ihm aber ein Geständnis von mir. Die Video-Aufnahme reichte anscheinend doch nicht. Ehrlich gesagt, war ich nicht so recht bei der Sache, obwohl es natürlich um meinen Kopf ging. Ich wusste auch nicht, wie ich meine Unschuld beweisen sollte. Eva wollte ich jedenfalls nicht mit der ganzen Sache belasten, auch weil ich ihr jetzt wieder eine Farbänderung zu beichten hatte. Allerdings schien es mir jetzt leichter zu sein. So auszusehen wie Barack Obama, war in der gerade im Entstehen begriffenen Euphorie ja nicht gar so schlimm. Der Anwalt hatte seinen Schriftsatz zu meiner möglichen Entlastung noch nicht fertig gestellt und ich konnte weiter in meiner Zelle schmoren und schreiben.

Am nächsten Tag wurde ich in die Klinik gefahren, um dort an Ort und Stelle noch einmal die Manipulation vorzuführen. Die Stecker waren noch so eingesteckt, wie ich es in Erinnerung hatte. Endlich waren sie aber auf die Idee gekommen, den für die Technik verantwortlichen Ingenieur zu holen. Der erklärte dann, dass der unterste Einschub, der mit den angeblich vertauschten Leitungen, die Redundanzeinheit für die Hauptsteuerung sei und eigentlich im Normalfall nicht gebraucht wurde. Nur bei einem Ausfall oder gravierenden Störung des Hauptgerätes käme diese Einheit zum Einsatz, und dann auch nur, wenn dies ganz kurz vor oder während einer Operation geschieht. Jetzt waren wir endlich auf einer technischen Ebene des Geschehens und ich fühlte mich sicherer. Ich schlug vor, die ganze Sache doch einmal zu simulieren. Der Ingenieur war gleich Feuer und Flamme und bevor die anderen etwas dagegen sagen konnten, erschienen schon Daten auf dem großen Bildschirm. Uns sagten sie nichts, aber der Ingenieur wurde unruhig und murmelte ganz verblüfft:

»Das glaub' ich jetzt nicht!«

Der Kommissar wurde aufmerksam und fragte, was los sei und er sagte, die Steuerbefehle für Horizontal- und Vertikalbewegung seien vertauscht.

»Das wissen wir ja. Was ist daran merkwürdig?«

»Die Farben von Stecker und Buchsen stimmen aber überein, deshalb müssen die Kabel am anderen Ende vertauscht worden sein. Das ist merkwürdig.«

Mein Hoffnungspegel stieg gewaltig. Dem machte Kommissar Kübler aber schnell ein Ende.

»Das ändert nichts an den Tatsachen. Herr Blumen, sie wollten das Gerät unbrauchbar machen, haben die Stecker vertauscht und damit ihren Plan umgesetzt. Dass sie dabei Pech hatten, ist irrelevant.«

Ich fühlte mich jetzt aber auf festerem Grund und gab zu bedenken:

»Jetzt haben sie aber ein neues Problem. Fahrlässigkeit! Wenn die Kabel sowieso falsch eingesteckt waren, bevor ich daran gefummelt habe, was ich ja nicht bestritten habe und was ich auch sicher nicht durfte, wäre etwas Ähnliches passiert. Wäre jemand anderem, einem sogenannten Befugten, aufgefallen, dass die Farben an Stecker und Buchse nicht übereinstimmten und er hätte es berichtigt, wäre etwas passiert. Und wenn es bekannt war, dass die Leitungen am anderen Ende vertauscht sind und sie deshalb hier mit den Farben nicht übereinstimmen, ist es noch schlimmer. Dann hat die Klinik ein ernstes Qualitätsproblem.«

Nach einer kurzen Bedenkzeit gab mir der Kommissar recht. Immerhin. Dem Ingenieur war es sichtlich peinlich, da aber bei dieser Geschichte schon ein tödlicher Unfall passiert war, konnte man es nicht einfach unter den Teppich kehren. Die Sache musste zum Staatsanwalt. Ich hoffte, mich jetzt nicht noch mehr in die Bredouille gebracht zu haben. Immerhin hatte ich jetzt den Tritt in ein vermeintliches Fettnäpfchen von beachtlicher Größe ausgelöst. Der Ortstermin verlagerte sich in das Büro des Chefarztes. Der Ingenieur sagte, dass er erst an diesem Tag aus einer zweiwöchigen Fortbildung zurückgekommen war. Laut Dienstplan war ein anderer Techniker mit dem Anschluss befasst, der aber im Augenblick Freischicht hatte. Die ganze Sache wurde vertagt und der Kommissar hatte einen zweiten Fall. Der Ingenieur konnte sich aber so schnell nicht von diesem Problem trennen und bestand darauf, auch noch die Geräte in dem anderen Raum zu inspizieren. Kübler ließ sich überzeugen und wir gingen wieder zurück zu den Geräten. Zur Sicherheit fuhren wir, mittlerweile war ich als fachkundige Hilfskraft anerkannt, mit dem Finger den Kabeln entlang und stellten fest, dass das mit "1" bezeichnete Kabel zu dem Stecker "V" ging und Kabel "2" an "H".

»Das ist definitiv falsch. Beide Kabelpaare sind falsch gesteckt. Ich fass' es nicht. Beide Steuereinheiten, Hauptgerät und Redundanz, sind falsch verkabelt. Da war der Unfall ja in jedem Fall vorprogrammiert.«

Der Ingenieur war sichtlich geschockt. Jetzt besann sich auch der Kommissar auf seine Pflichten. Er ließ sich von dem Ingenieur die CD mit der Videoaufzeichnung des Unfalltages besorgen, denn auch dieser Raum wurde mit einer Kamera überwacht. Er machte noch ein paar Aufnahmen mit der Digitalkamera, ließ sich den Dienstplan für den bewussten Tag ausdrucken und dann verließen wir die Klinik. Ich in meine Zelle, der Kommissar zur Staatsanwaltschaft und die Dinge nahmen ihren Lauf.

Das Schicksal meinte es endlich einmal gut mit mir. Am nächsten Tag wurde ich aus der Untersuchungshaft entlassen. Der Kommissar bat mich in einen Raum, in dem wir ganz unter uns waren. Er entschuldigte sich etwas zerknirscht für sein vorschnelles Handeln. Er sei noch nicht so lange in dieser Abteilung. Alles schien ihm so klar auf der Hand zu liegen, dass er überhaupt nicht damit gerechnet hatte, dass es auch ganz anders gewesen sein könnte.

»Sie hatten ein starkes Motiv, sie haben sich auch tatsächlich an den Kabeln zu schaffen gemacht, es lag ein schönes Beweisvideo vor, es schien ein Vorsatz zu geben und eine vollendete Tat, die durch einen Zufall leider die falsche Person traf. Das passte alles so nahtlos zusammen, ich konnte gar nicht anders handeln.«

»Aber ich habe doch trotz der drückenden Beweise nichts zugegeben. Zählt das nicht?«

»Glauben sie mir, das ist immer so. Keiner gibt gleich etwas zu, manchmal sogar dann nicht, wenn er in flagranti ertappt wurde. Jeder denkt, irgendwo ergibt sich etwas, das ihn entlasten könnte.«

»Wer war denn jetzt wirklich der "Täter"? Gab es denn überhaupt einen oder war es ein unglückliches Zusammentreffen von mehreren Fehlern?«

»Es gab zwar keinen Täter, aber einen Schuldigen an dem tragischen Unglück. Der Techniker, der die Verkabelung durchführte, wurde abgelenkt und hat die Kabel auf der einen Seite falsch gesteckt.«

»Wie abgelenkt?«

»Auf der Aufzeichnung war alles ganz genau zu sehen. Ein Einschub musste gewechselt werden und deshalb hatte er die Kabel gelöst. Mitten in dieser Arbeit kam eine Schwester in den Raum, mit der er ein heimliches Verhältnis hatte. Sie verführte ihn regelrecht, er wehrte sich nicht und sie spielten offensichtlich Clinton und Lewinsky im Oval Office. Wahrscheinlich gab die Situation den besonderen Kick ab. Sie verstehen schon, sie machte den bekannten Blowjob, er nur ohne Zigarre. Wegen Rauchverbot. Nach heutigem Stand der Ermittlungen ein ziemlich teurer Job, aber offensichtlich so intensiv, dass er prompt die Kabel verwechselte und sie falsch einstöpselte. Das war auch der Grund, warum sie im anderen Raum, zwar farblich richtig gesteckt waren, aber ihnen so unordentlich geführt erschienen. Das war die ganze Geschichte.«

Ich war sprachlos. Deshalb redete er nach einer Pause weiter:

»Auf den Techniker kommt jetzt einiges zu, Kündigung, Anklage wegen fahrlässiger Tötung und erhebliche Schadensersatzforderungen. Verheiratet ist er auch noch. Für sie, Herr Blumen, ist es jetzt zum Glück vorbei, aber ich könnte mich grün ärgern, wenn ich daran denke, wie leicht ich mir die Sache gemacht habe.«

»Vorsicht mit solchen Äußerungen!«

Er sah mich etwas verblüfft an und ich guckte automatisch auf die Uhr, obwohl ich diesmal ja nicht gemeint war. Es war aber ungefährlich, da es zehn nach zehn war.

Ihm war aber dadurch noch eine Idee gekommen und er fragte:

»By the way, was ist eigentlich mit ihrer Hautfarbe los?«

»Wieso, haben sie etwas gegen Farbige?«

»Nein, das nicht, aber irgendwie kommt mir die ganze Sache mit den Farben ziemlich mysteriös vor.«

»Lassen wir es einfach dabei. Es ist eine andere Geschichte und für den gelösten Fall auch nicht mehr relevant. Okay?«

Er gab auf und ich konnte draußen endlich wieder ungesiebte Luft atmen. Mein Auto hatte ich in einem Parkhaus abgestellt und um es auszulösen, musste ich erst 80 Euro bezahlen. Vielleicht gibt es eine Haftentschädigung und die Spesen werden ebenfalls ersetzt, dachte ich mir und hoffte, dass Eva in dieser Sache etwas für mich unternehmen könnte. Eva rief ich auch gleich an. Zum Glück war sie zu Hause. Sie war froh von mir zu hören und bat mich zu ihr nach Frankfurt zu kommen, wir hätten uns doch lange nicht gesehen und soviel zu erzählen. Sie wäre ziemlich überwältigt von der Farbenpracht, die sie jetzt erst richtig wahrnehmen könnte und war für andere Dinge kaum noch aufnahmefähig. Sie entschuldigte sich für ihre Nachlässigkeit, aber so richtig hätte sie die ganze Sache mit meiner Festnahme sowieso nicht kapiert. Ich sollte mich so schnell wie möglich zu ihr bewegen, dann könnten wir alles in Ruhe bequatschen. Das brauchte sie mir nicht zweimal zu sagen und ich machte mich unverzüglich auf den Weg nach Frankfurt zu Eva.

15

Es war einfach unbeschreiblich Eva wiederzusehen, sie zu küssen und zu umarmen. Wir konnten uns lange nicht voneinander trennen. Sie sagte überhaupt nichts zu meiner Hautfarbe. Als ich sie darauf ansprach, weil ich es einfach nicht mehr aushielt, sagte sie nur, das wäre doch ziemlich egal. In den 20 Jahren ihrer Blindheit hätte sie gelernt, dass andere Dinge wichtiger sind als das Aussehen, die Hautfarbe oder die Nationalität. Später, als wir uns am PC die Bilder der Blausand-Aktion ansahen und uns auch auf einigen erkannten, meinte sie, ich sollte doch froh sein, dass ich in natura nicht so schrecklich blau wäre, wie wir damals. Bei dieser Gelegenheit fragte sie mich, was ich denn für eine tolle Schminke oder Farbe benutzt hätte. Ich sagte ganz geschockt, und wäre im Normalfall dabei sicher rot geworden, dass ich ihr das gern einmal in einer ruhigen Minute erzählen wollte. Sie beharrte nicht auf einer direkten Antwort. Mir fiel ein Stein vom Herzen und der Rest des Abends ging in gegenseitigem Einvernehmen im Bett zu Ende und dauerte bis zum nächste Morgen. Ich war glücklich und sie war glücklich, was wollten wir mehr. Beim Frühstück waren wir uns einig, noch einmal nach Gran Canaria zu fahren und ganz ohne Stress und Blausand unseren abgebrochenen Urlaub nachzuholen und uns, ganz altmodisch nach Großmutterart, besser kennenzulernen. Denn schließlich kannten wir uns ja erst seit ein paar Tagen.

Epilog

Das Wichtigste zuerst: Wir sind immer noch zusammen. Eva geht es gut. Mit ihren Augen gab es keinerlei Komplikationen. Sie sieht nicht nur besser aus denn je, sie sieht auch noch sehr viel besser als zuvor. Gran Canaria war toll. Wir verlebten dort unsere vorgezogenen Flitterwochen und konnten uns richtig miteinander austauschen und uns dann auch tatsächlich und endgültig beide ineinander verlieben. Eva hat jetzt den Führerschein und wurde von ihrer Firma wieder eingestellt. Sie ließ sich vom Call Center in eine Geschäftsstelle nach Köln versetzen und arbeitet dort als Juristin. Ich bin auch wieder im Dienst. Die Nebenwirkungssache verlief letztlich im Sande, unter anderem auch deshalb, weil das Medikament aus ganz anderen Gründen nicht auf den Markt gebracht wurde. Die Kundenkontakte auf der Messe hatten uns interessante Geschäftsverbindungen im Kölner Raum vermittelt und unsere Geschäftsleitung eröffnete ein Vertriebsbüro in Hürth bei Köln, um den Kunden dort so nah wie möglich zu sein. Ich war einer der drei Mitarbeiter im Hürther Stützpunkt. Ich sah immer noch so aus wie Obama, was aber keinen sonderlich störte. Ganz im Gegenteil. Ein kleiner Junge kam neulich zu mir und sagte:

»Du bist doch dieser Obama. Kannst Du mir ein Autogramm geben?«

»Klar. Was willst du denn damit machen?«

»Es gegen eins von Podolski eintauschen.«

Wir werden zusammenziehen und suchen jetzt eine Wohnung in Brühl.

Ich habe mich seit diesen Ereignissen kaum geändert. Nur bei irgendwelchen Redensarten mit Farben, wie zum Beispiel, du bist ja kalkweiß oder ganz gelb vor Neid oder ich sehe rot, ich ärgere mich schwarz oder du machst wohl blau, werde ich ganz nervös und suche panisch nach einer Uhr mit Glockenschlag. Bisher ging alles gut.

Meine derzeitige Hautfarbe wird mit höchster Wahrscheinlichkeit nicht vererbt. Darüber bin ich sehr froh, denn in sechs Monaten ist es bei Eva so weit und in drei Wochen heiraten wir. Wir werden Schöne-Blumen heißen. Wenn eines unserer Kinder eine Tochter wird, soll sie Sophie heißen. Die Großeltern aus Stuttgart werden sie dann sicher Sophiele nennen. Kann man sich einen schöneren Namen für ein Mädchen vorstellen als: So viele schöne Blumen?

Ach übrigens: Eva und mein Bruder verstehen sich prächtig und ich weiß immer noch nicht, wie er das macht.

Da alles Weitere in den Sternen steht, beende ich an dieser Stelle meinen Bericht.

Erklärung

Alle Personen und Begebenheiten in diesem Roman sind frei erfunden. Sollte es Übereinstimmungen mit Charakteren in der wirklichen Welt geben, so sind sie vom Verfasser nicht beabsichtigt und rein zufällig.

Eine blaue Partei gibt es bis jetzt noch nicht und ist ebenfalls eine Erfindung des Verfassers, die sich leicht in die Handlung integrieren ließ.

Es gibt tatsächlich eine Organisation, die Blausand heißt. Sie kann unter www.blausand.de im Internet gefunden werden. Der Verfasser hat keine Verbindungen zu dieser Organisation. Ob ihre Aktionen tatsächlich so ablaufen, wie beschrieben, ist ihm unbekannt. Die Blausand-Sache passte zufällig gut zur Handlung des Romans.

Doppelnamen als Ehenamen und als Nachname für Kinder sind nach der derzeitigen Gesetzgebung nicht erlaubt, im Roman geht das aber.